CORBEILLE POÉTIQUE

DU

JEUNE AGE

. . . .

MÊME LIBRAIRIE.

DU BON LANGAGE ET DES TERMES ET LOCUTIONS VICIEUSES A ÉVITER, par madame la comtesse Dro-Hojowska, née Symon de Latreiche. 1 vol. in-12.   1 fr. 50

DE LA POLITESSE ET DU BON TON, ou Devoirs d'une femme chrétienne dans le monde, par le même auteur. In-12.   1 fr. 50

LECTURES SUR LES DÉCOUVERTES DANS L'INDUS-TRIE ET DANS LES ARTS. Livre de lecture courante à l'usage des enfants de 12 à 15 ans, par M. Labare, officier de l'instruction publique. 1 vol. in-12, cartonné.   1 fr. »

MÉTHODE DE LECTURE, ou Procédé facile pour ap prendre à lire d'une manière conforme à la marche natu-relle du langage, ouvrage approprié au goût et à l'intelli-gence des enfants, par un ancien instituteur. In-12, car-tonné.   30 c.

EXERCICES DE LECTURE, du même auteur. In-12, car-tonné.. 30 c.

FABLES ET MORCEAUX CHOISIS dans nos meilleurs auteurs, annotés pour l'usage des classes élémentaires, par le P. Champeau, salvatoriste, ancien supérieur de petit séminaire. 1 vol. in-18, cartonné.............. 1 fr. »

LES VACANCES EN FAMILLE, récits historiques, anec-dotiques et légendaires, pour édifier, instruire et récréer la jeunesse, par le même auteur. In-12........... 1 fr. 25

Corbeil, imprimerie de Crété.

CORBEILLE POÉTIQUE

DU JEUNE AGE

OU

RECUEIL DE LEÇONS LITTÉRAIRES

MORALES ET RELIGIEUSES

Empruntées à nos meilleurs poëtes anciens et modernes

PAR

L. L. BURON

PROFESSEUR DE BELLES-LETTRES

Butinant, butinant, ainsi que fait l'abeille,
Des plus brillantes fleurs je remplis ma corbeille.

SECONDE ÉDITION

PARIS

NOUVELLE LIBRAIRIE CLASSIQUE

VICTOR SARLIT, LIBRAIRE-ÉDITEUR

RUE SAINT-SULPICE, 25

1859

AVERTISSEMENT

Encore un recueil de poésies pour la jeunesse ! Telle est, sans doute, l'exclamation dont on salue cette *Corbeille poétique du jeune âge.* Aussi ne nous serions-nous pas permis de venir augmenter le nombre déjà si considérable des *Abeilles du Parnasse,* s'il n'était reconnu qu'il n'est pas de mine, si scrupuleusement exploitée qu'elle soit, dans laquelle on ne puisse trouver encore quelque filon précieux. La poésie est une mine immense, féconde, inépuisable, qui fournit sans cesse à l'œil exercé qui la scrute avec soin, quelque diamant échappé jusqu'alors aux regards ou peut-être même négligé.

Mais à notre avis, un *Recueil poétique* ne doit pas avoir seulement pour but d'orner la mémoire de la jeunesse, ou de former son goût, il doit avoir un objet plus grand, plus noble, plus nécessaire, celui de former son esprit et son cœur. Pour arriver à ce résultat, il n'y a, pour les enfants comme pour les hommes, qu'un moyen efficace, la *religion*. Nous avons donc surtout réuni dans cette *Corbeille poétique*, un grand nombre de poésies religieuses concourant toutes à édifier l'esprit, à élever l'intelligence et à toucher le cœur.

Dans notre choix, nous n'avons pas été exclusif; nous avons pris partout ce qui nous a paru bon, chez les poëtes du grand siècle et chez les poëtes contemporains; nous avons fait même à ceux-ci une large part, et pourtant il nous semble, sans partialité aucune, que le sentiment religieux, plus vrai, plus simplement exprimé dans Rotrou, Corneille, Racine, que dans les auteurs modernes, y est aussi plus accentué.

Voici notre division : 1₀ Poésies diverses, c'est-à-dire n'ayant pas un objet spécial bien prononcé ; 2° fables, contes, anecdotes, ballades et dialogues ; 3° Poésies morales et religieuses. Les fables, quoique variées et bien choisies, n'occupent pas une large place dans ce recueil, parce que nous n'en avons mis aucune de la Fontaine ni de Florian. Dans quelle famille, en effet, ces deux auteurs ne se trouvent-ils pas ? C'était donc faire double emploi. Nous avons préféré nous restreindre sur ce genre et nous étendre davantage sur les autres. Cette division, toute progressive, n'est cependant pas tellement tranchée, qu'il ne se rencontre parfois, classée dans un genre, une poésie qui ne serait peut-être pas précisément déplacée dans un autre, cela tient à ce que peu de ces petites pièces de vers ont un caractère bien déterminé.

Et maintenant, veuille le ciel bénir notre travail et puissent ceux auxquels il est destiné non-seulement en orner leur esprit et leur mémoire, mais en tirer quelques bonnes pensées, quelques bons sentiments!

CORBEILLE POÉTIQUE

DU JEUNE AGE

PREMIÈRE PARTIE

Poésies diverses.

BONHEUR DE L'ÉDUCATION CHRÉTIENNE.

O bienheureux mille fois
L'enfant que le Seigneur aime,
Qui de bonne heure entend sa voix
Et que ce Dieu daigne instruire lui-même !

Loin du monde élevé, de tous les dons des cieux
Il est orné dès sa naissance ;
Et du méchant l'abord contagieux
N'altère point son innocence.

Heureuse, heureuse l'enfance
Que le Seigneur instruit et prend sous sa défense !

Tel, en un secret vallon,
Sur le bord d'une onde pure,

1.

Croît, à l'abri de l'aquilon,
Un jeune lis, l'amour de la nature.

Loin du monde élevé, de tous les dons des cieux
Il est orné dès sa naissance ;
Et du méchant l'abord contagieux
N'altère point son innocence.

Heureux, heureux mille fois
L'enfant que le Seigneur rend docile à ses lois !

RACINE, *Athalie.*

A L'ENFANCE.

Que de brillantes fleurs tu cueilles
En suivant les sentiers des bois ;
Leurs tiges et leurs mille feuilles
Se pressent dans tes petits doigts.
Sur les gazons verts des allées,
Sais-tu qui répand ces bouquets ?
Et dans les bois, dans ces vallées,
Te sème de si beaux jouets ?

Celui qui fait toutes ces choses,
C'est Dieu. De son palais du ciel,
C'est lui qui nuance les roses,
Et donne aux abeilles leur miel ;

C'est lui qui fait croître la plume
De tes serins au faible essor ;
A l'oranger qui te parfume
C'est lui qui suspend des fruits d'or.

C'est lui, toujours lui qui t'envoie
Les bleuets semés dans les blés,
Qui donne au ver sa longue soie,
Au rossignol ses chants perlés.
C'est lui qui fait le corps si frêle
Des papillons frais et jolis,
Et qui pose encor sur leur aile
Ces points de nacre et de rubis.

Son ciel est tout plein de merveilles :
Là, sont des vierges, blanches sœurs,
Qui volent comme des abeilles,
Des saints aux manteaux de vapeurs,
Des voix qui chantent des louanges,
Des bienheureux, que sais-je moi ?
De purs esprits, de jolis anges
Tous petits enfants comme toi.

Mais eux, du moins, ils sont dociles,
On obéit au paradis ;
Leurs jeux sont choisis et tranquilles.
Si jamais des larmes, des cris,
Troublaient la divine demeure,

Parmi les grands saints, on dirait :
Chassez-nous cet enfant qui pleure,
Et le bon Dieu se fâcherait.

Tu sais bien ta petite amie,
Elle est comme eux près du Seigneur ;
Sitôt après s'être endormie,
Elle a fui comme une vapeur,
Plus loin que le soleil qui brille,
Que la lune, que les éclairs,
Que la planète qui scintille,
Que l'arc-en-ciel qui peint les airs.

Parmi ses compagnes nouvelles,
Elle est bienheureuse à présent !
Ainsi qu'un ange elle a des ailes,
Puis une auréole d'argent.
Et parfois, quand elle est bien sage,
Le bon Dieu lui permet encor
D'aller jouer dans un nuage
Ou bien dans une étoile d'or.

L'enfant obéissant comme elle
En mourant s'envole dans l'air ;
Mais il tombe, s'il est rebelle
Chez les hommes noirs de l'enfer.
Là, d'un ton rude, on le commande,
S'il veut jouer, on le punit.

La leçon qu'on donne est si grande
Que jamais il ne la finit.

Tu frémis, n'est-ce pas ? prends garde !
Sois bien sage, car c'est affreux.
Obéis-moi, Dieu te regarde ;
Les saints et les vierges des cieux,
Sous un nuage qui les voile,
Quand tu pleures, viennent te voir ;
Et je sais que dans chaque étoile,
Des anges se cachent le soir.

Mme ANAIS SÉGALAS.

HYMNE

DE L'ENFANT A SON RÉVEIL.

O Père qu'adore mon père !
Toi qu'on ne nomme qu'à genoux !
Toi dont le nom terrible et doux
Fait courber le front de ma mère !

On dit que ce brillant soleil
N'est qu'un jouet de ta puissance ;
Que sous tes pieds il se balance,
Comme une lampe de vermeil.

On dit que c'est toi qui fais naître
Les petits oiseaux dans les champs.

Et qui donne aux petits enfants
Une âme aussi pour te connaître !

On dit que c'est toi qui produis
Les fleurs dont le jardin se pare;
Et que, sans toi, toujours avare,
Le verger n'aurait point de fruits.

Aux dons que ta bonté mesure
Tout l'univers est convié :
Nul insecte n'est oublié
A ce festin de la nature.

L'agneau broute le serpolet;
La chèvre s'attache au cytise;
La mouche, au bord du vase, puise
Les blanches gouttes de mon lait.

L'alouette a la graine amère
Que laisse envoler le glaneur;
Le passereau suit le vanneur,
Et l'enfant s'attache à sa mère.

Et pour obtenir chaque don,
Que chaque jour tu fais éclore,
A midi, le soir, à l'aurore,
Que faut-il? prononcer ton nom.

O Dieu ! ma bouche balbutie
Ce nom, des anges redouté;

Un enfant même est écouté
Dans le chœur qui te glorifie!

On dit qu'il aime à recevoir
Les vœux présentés par l'enfance,
A cause de cette innocence
Que nous avons sans le savoir.

On dit que leurs humbles louanges
A son oreille montent mieux,
Que les anges peuplent les cieux,
Et que nous ressemblons aux anges.

Ah! puisqu'il entend de si loin
Les vœux que notre bouche adresse,
Je veux lui demander sans cesse.
Ce dont les autres ont besoin.

Mon Dieu, donne l'onde aux fontaines,
Donne la plume aux passereaux,
Et la laine aux petits agneaux,
Et l'ombre et la rosée aux plaines.

Donne au malade la santé,
Au mendiant le pain qu'il pleure,
A l'orphelin une demeure;
Au prisonnier la liberté.

Donne une famille nombreuse
Au père qui craint le Seigneur;

Donne à moi sagesse et bonheur,
Pour que ma mère soit heureuse !

Que je sois bon ! quoique petit,
Comme cet enfant dans le temple,
Que chaque matin je contemple
Souriant au pied de mon lit !

Mets dans mon âme la justice,
Sur mes lèvres la vérité ;
Qu'avec crainte et docilité
Ta parole en mon cœur mûrisse

Et que ma voix s'élève à toi,
Comme cette douce fumée
Que balance l'urne embaumée,
Dans la main d'enfants comme moi !

DE LAMARTINE.

LA FÊTE D'UN BON PÈRE.

Depuis plus d'un mois, à ses frères
Fanfan demande chaque jour
Quand vient, au gré de son amour,
La fête du meilleur des pères.
Plus d'attente, elle arrive enfin
Cette fête si désirée,

Et, dans la légende sacrée,
Elle est indiquée à demain.
Avec le plus profond mystère,
En hâte l'on fait mille apprêts :
L'on cueille, l'on monte en bouquets
Les plus belles fleurs du parterre ;
On prépare chansons, banquet,
Dans les plaisirs qu'on se promet,
L'on aime surtout à comprendre
Le plaisir si doux de surprendre
De tous ces soins le tendre objet.
Qui des caresses de son père
Demain le premier jouira ?
Qui le premier couronnera
Une tête à bon droit si chère ?
Tous forment ce vœu dans leur cœur ;
Tous briguent un tel avantage.
Fanfan l'obtient ; malgré son âge,
Du sommeil il se rend vainqueur.
Aux rayons naissants de l'aurore,
Vers son père qui dort encore,
Il court, précipite ses pas ;
Il est sur son lit ; dans ses bras.
Moments pour tous deux pleins de charmes,
D'un père ! ô pur ravissement !
Il presse son fils tendrement
Et l'arrose de douces larmes.

Au bruit de leurs épanchements,
En sursaut soudain on s'éveille ;
Mais, ô surprise sans pareille !
Fanfan, par ses soins diligents,
A ravi ces embrassements
Qu'en vain on se promit la veille.
Sommeil fatal ! on en rougit,
On se reproche sa paresse.
Mais à la voix de la tendresse,
Cèdent bientôt honte et dépit :
Tous vont, comme leur jeune frère,
Déposer aux pieds de leur père
Des fleurs et leurs plus tendres vœux ;
Quoique plus tardif, leur hommage
Du même amour étant le gage,
A le même prix à ses yeux.
A leur tour ces enfants eux-mêmes
Éprouvent au fond de leur cœur
Qu'un baiser d'un père qu'on aime
En tout temps a même douceur.
Aussitôt la fête commence,
Le plaisir succède au plaisir ;
Tout se mêle, tout veut jouir ;
Et la vieillesse même danse.
Nature, je les reconnais,
Voilà tes pures jouissances :
Mais, au lieu de ces plaisirs vrais

Qu'à pleines mains tu nous dispenses,
Le monde ne donna jamais
Que de trompeuses espérances,
Que des remords et des regrets.

M. DEMORE.

LE CHANT DES ANGES

Pour la fête d'une mère qui se nomme Marie.

A fêter la Vierge suprême,
Là-haut chaque ange est invité;
Et mon ange gardien lui-même
Dès l'aurore, hélas! m'a quitté.
Bel ange, à la reine céleste
Porte ton bouquet, moi, je reste :
La reine de mon cœur est là ;
Et, pour célébrer ses louanges,
J'emprunte le refrain des anges.
Ave Maria, Ave Maria.

Je lui contai, petit encore,
Petit comme l'enfant Jésus,
Bien des alarmes qu'on ignore,
Bien des pleurs que Dieu seul a vus.
Chassant l'insecte qui bourdonne,
Combien de fois, douce madone,

Près de ma couche elle veilla !...
Aussi, pour chanter ses louanges,
J'emprunte le refrain des anges.
Ave Maria, Ave Maria.

Au front de la sainte que j'aime
    Hélas ! j'aurais voulu poser
Des étoiles pour diadème.....
Je n'y peux mettre qu'un baiser.
Mais, espérance, ô ma patronne !
J'ose rêver pour ta couronne
Quelques lauriers... et, jusque-là,
A tes pieds chantant tes louanges,
Je veux redire avec les anges
Ave Maria, Ave Maria.

Hégésippe Moreau.

LE PAPILLON.

Naître avec le printemps, mourir avec les roses,
Sur l'aile des zéphirs nager dans un ciel pur,
Balancé sur le sein des fleurs à peine écloses,
S'enivrer de parfum, de lumière et d'azur,
Secouant, jeune encor, la poudre de ses ailes,
S'envoler comme un souffle aux voûtes éternelles,
Voilà du papillon le destin enchanté.
Il ressemble au désir qui, jamais ne repose,

Et, sans se satisfaire, effleurant chaque chose,
Retourne enfin au ciel chercher la volupté.

LAMARTINE.

LE NID DE FAUVETTES.

Je le tiens ce nid de fauvette :
Ils sont deux, trois, quatre petits !
Depuis si longtemps je vous guette ;
Pauvres oiseaux, vous voilà pris !
Criez, sifflez, petits rebelles,
Débattez-vous, oh ! c'est en vain.
Vous n'avez pas encor vos ailes ;
Comment vous sauver de ma main ?

Mais, quoi ! n'entends-je pas leur mère
Qui pousse des cris douloureux ?
Oui, je la vois ; et c'est leur père
Qui vient voltiger autour d'eux.
Et c'est moi qui cause leur peine !
Moi qui, l'été, dans ces vallons
Venais m'endormir sous un chêne
Au bruit de leurs douces chansons !

Hélas ! si du sein de ma mère
Un méchant venait me ravir,
Je le sens bien, dans sa misère,

Elle n'aurait plus qu'à mourir.
Et je serais assez barbare
Pour vous arracher vos enfants!
Non, non, que rien ne vous sépare!
Non, les voici ; je vous les rends.

Apprenez-leur dans le bocage
A voltiger auprès de vous ;
Qu'ils écoutent votre ramage
Pour former des sons aussi doux !
Et moi, dans la saison prochaine,
Je reviendrai dans vos vallons
Dormir quelquefois sous un chêne
Au bruit de leurs jeunes chansons.

BERQUIN.

SUR LA MORT D'UNE COUSINE DE SEPT ANS.

Hélas ! si j'avais su, lorsque ma voix qui prêche
T'ennuyait de leçons, que, sur toi, rose et fraîche,
Le noir oiseau des morts planait inaperçu ;
Que la fièvre guettait sa proie, et que la porte
Où tu jouais hier te verrait passer morte...
    Hélas ! si j'avais su !...

Je t'aurais fait, enfant, l'existence bien douce ;
Sous chacun de tes pas j'aurais mis de la mousse.

Tes ris auraient sonné chacun de tes instants ;
Et j'aurais fait tenir dans ta petite vie
Un trésor de bonheur immense... à faire envie
   Aux heureux de cent ans !

Loin des bancs où pâlit l'enfance prisonnière,
Nous aurions fait tous deux l'école buissonnière
Dans les bois pleins de chants, de parfum et d'amour ;
J'aurais vidé leurs nids pour emplir ta corbeille,
Et je t'aurais donné plus de fleurs qu'une abeille
   N'en peut voir dans un jour.

Puis, quand le vieux janvier, les épaules drapées
D'un long manteau de neige et suivi de poupées,
De magots, de pantins, minuit sonnant, accourt,
Au milieu des cadeaux qui pleuvent pour étrenne
Je t'aurais fait asseoir comme une jeune reine
   Au milieu de sa cour.

Mais je ne savais pas... et je prêchais encore ;
Sûr de ton avenir, je le pressais d'éclore,
Quand tout à coup, pleurant un long espoir deçu,
De tes petites mains je vis tomber le livre.
Tu cessas à la fois de m'entendre et de vivre...
   Hélas ! si j'avais su !

       HÉGÉSIPPE MOREAU.

LA JEUNE MENDIANTE.

(Idylle.)

Sous le portique d'une église,
Révélant le besoin qui causait sa douleur,
Pour la troisième fois, par les ombres surprise,
Se plaignait en ces mots la fille du malheur :
« Je me meurs, je le sens, je me meurs ; car ma vue
Est d'un voile funèbre obscurcie à moitié.
    La charité ne m'a pas entendue,
      Et l'aumône de la pitié
      A mon secours n'est point venue.
C'en est fait ; orpheline à la fleur de mes ans,
      Rien ne m'a souri sur la terre ;
      Comme le roseau solitaire
      Je cède à l'effort des autans :
      Adieu, triste sol des vivants !
Ma place est dans le ciel, à côté de ma mère.
Adieu, c'est pour toujours !..... Mais quoi ! dans ma
                               [misère
N'est-il donc plus d'espoir ? Si du moins le sommeil
Fermait quelques instants ma paupière lassée,
    J'aurais encor la force, à mon réveil,
    De tendre cette main glacée.
Tendre la main, souffrir et se voir repoussée !
Hélas ! l'airain qui sonne augmente mon effroi ;

Il est minuit : peut-être est-ce ma dernière heure.
O mon Dieu! prends pitié de moi :
Je suis jeune et j'ai faim, et je veille et je pleure. »
Elle dit et se tait ; et quand, le lendemain,
S'arrêta près du temple une foule attendrie,
La pauvre enfant n'avait plus faim ;
Elle ne pleurait plus en attendant du pain,
Et sa veillée était finie.

MICHELET.

LA PAUVRE FILLE.

J'ai fui ce pénible sommeil
Qu'aucun songe heureux n'accompagne;
J'ai devancé sur la montagne
Les premiers rayons du soleil.

S'éveillant avec la nature,
Le jeune oiseau chantait sur l'aubépine en fleurs;
Sa mère lui portait la douce nourriture :
Mes yeux se sont mouillés de pleurs.

Oh! pourquoi n'ai-je pas de mère?
Pourquoi ne suis-je pas semblable au jeune oiseau
Dont le nid se balance aux branches de l'ormeau?
Rien ne m'appartient sur la terre;
Je n'eus pas même de berceau,

2

Et je suis un enfant trouvé sur une pierre:
   Devant l'église du hameau.

   Loin de mes parents exilée,
De leurs embrassements j'ignore la douceur;
   Et les enfants de la vallée
   Ne m'appellent jamais leur sœur !

Je ne partage pas les jeux de la veillée;
   Jamais, sous son toit de feuillée,
Le joyeux laboureur ne m'invite à m'asseoir;
   Et, de loin, je vois sa famille,
   Autour du sarment qui pétille,
Chercher sur ses genoux les caresses du soir.

   Vers la chapelle hospitalière
   En pleurant j'adresse mes pas,
   La seule demeure ici-bas
   Où je ne sois point étrangère.
La seule devant moi qui ne se ferme pas!
   Souvent je contemple la pierre
   Où commencèrent mes douleurs;
   J'y cherche la trace des pleurs
Qu'en m'y laissant peut-être y répandit ma mère.

   Souvent aussi mes pas errants
Parcourent des tombeaux l'asile solitaire;
Mais, pour moi, les tombeaux sont tous indifférents :
   La pauvre fille est sans parents,

Au milieu des cercueils, ainsi que sur la terre.

J'ai pleuré, quatorze printemps,
Loin des bras qui m'ont repoussée :
Reviens, ma mère, je t'attends
Sur la pierre où tu m'as laissée ! »

ALEX. SOUMET.

LES ENFANTS PERDUS.

Voyez, la lune est pâle et le bois solitaire ;
Le vent dans les rameaux se glisse avec mystère ;
Une brume s'étend sur les lits de gazon ;
Deux enfants, égarés parmi les halliers sombres,
S'épouvantent à voir les noirs progrès des ombres
Et les adieux du jour qui meurt à l'horizon.

« Ma sœur, disait l'aîné forçant sa voix timide,
« Hâtons-nous, le jour baisse et la nuit est humide ;
« Marchons l'un près de l'autre et causons en marchant
« Viens, nous retrouverons avant peu, je l'espère,
« Le chemin qui ramène auprès de notre mère ;
     « C'est près d'ici, vers le couchant.

« Que ma tranquillité dissipe tes alarmes ;
« Ne pleure pas ; hélas ! pourquoi verser des larmes ?
« Que crains-tu ? le Seigneur est si juste et si doux !
« Nous sommes deux enfants, quel mal peut-on nous faire ?

« Nous avons prié Dieu pour notre bonne mère,

« Ainsi donc notre mère et Dieu veillent sur nous. »

Sa sœur lui répondait : « Hélas ! dans sa demeure,

« Notre mère à présent nous attend seule et pleure,

« Et d'aucune raison ne se sent raffermir.

« Faut-il que nous ayons oublié sa défense !

« Elle nous privera, pour punir notre offense,

« De ce baiser du soir qui fait si bien dormir !

« Oh ! si nous revoyons cette mère chérie,

« Nous ne poursuivrons plus, par delà la prairie,

« Les beaux papillons d'or et d'azur bigarrés ;

« Nous n'irons plus chercher au loin sous les feuillages

« Des bouquets d'aubépine et de roses sauvages,

    « Car ces jeux nous ont égarés. »

Ils marchaient, ils marchaient... la nuit était venue,

Et toujours devant eux la forêt inconnue

S'étendait ténébreuse et ne finissait pas ;

Et les pauvres enfants, murmurant des prières,

Traversaient en courant les halliers, les clairières,

Tremblant comme la feuille au seul bruit de leurs pas.

« Mon frère, maintenant j'ai peur et ta main tremble.

« — Rassure-toi. — Qui donc au pied de ce vieux tremble

« Ouvre ses yeux brillants et nous regarde ainsi ?

« — C'est, dans son noir abri, le hibou qui s'éveille.

« — Et ce bruit de soupirs qui frappe mon oreille ?

    « — C'est le vent qui s'éveille aussi.

« — Mon frère, sais-tu bien que, dans les nuits d'orages,
« Les chasseurs de la mort parcourent les nuages,
« Que le bruit de leurs cors trouble tout dans les bois?
« — C'est un conte d'enfant, ma sœur, je te l'atteste.
« — Sais-tu que cette chasse infernale et céleste,
« L'oreille d'un vivant ne l'entend qu'une fois?

« — Oh! ma sœur! oh! ma sœur, tais-toi, car tu m'effraies.
« — Quels cris ont retenti? — C'est le chant des orfraies.
« Hélas! quand finira la forêt ou la nuit?
« — Quelle est, sur le chemin, cette ombre qui se penche? »
Le frère aîné se tut. « Ah! c'est la femme blanche!
    « Fuyons vite, elle nous poursuit! »

Cependant la forêt s'obscurcit d'heure en heure ;
La brise au loin gémit comme un enfant qui pleure ;
Et, sous le pâle abri d'un nuage changeant,
La lune fait errer des clartés fantastiques
Sur les mélèzes noirs, les chênes druidiques,
Et les tristes bouleaux à l'écorce d'argent.

Pauvres enfants perdus! quand l'aube blanchissante
Épancha sur les bois sa clarté renaissante,
Un pâtre les trouva l'un à l'autre enlacés,
Pâles, les yeux fermés à la douce lumière,
Sans que, pour les aider à clore la paupière,
    Leur mère les eût embrassés! —

CHARLES LAFONT.

LA FRATERNITÉ DES OISEAUX.

De ma fenêtre tout à l'heure,
Oubliant mes jeunes chagrins,
Dans la cour qu'un rayon effleure
J'ai laissé tomber quelques grains.

Du toit de la maison voisine
Un passereau plonge à l'instant;
Dieu fait que tout être devine
L'endroit où sa bonté l'attend.

En becquetant la graine amère,
L'oiseau tout d'abord a chanté :
La Providence, en bonne mère,
Nous donna pour sœur la gaîté !

Il chantait et chantait encore,
Le passereau que Dieu bénit,
Comme il doit chanter quand l'aurore
Caresse les bords de son nid.

D'autres oiseaux vinrent ensuite
Prendre part au joyeux festin;
Songea-t-il à les mettre en fuite,
L'heureux possesseur du butin?

Non; son chant paraissait plus tendre
Et son regard plus fraternel,
Car les oiseaux savent s'entendre
Et partager les dons du ciel !

Les hommes, qui se disent frères,
Ont-ils la même charité ?
Partout, l'un à l'autre contraires,
Ils se heurtent de tout côté,

Gardant, jusqu'au seuil de la tombe
Où l'orgueil vient les assiéger,
Quand sur eux quelque bonheur tombe,
La crainte de le partager.

HENRI DE BORNIER.

L'ANGE ET L'ENFANT.

Un ange au radieux visage,
Penché sur le bord d'un berceau,
Semblait contempler son image
Comme dans l'onde d'un ruisseau.

« Charmant enfant qui me ressemble,
Disait-il, oh ! viens avec moi ;
Viens, nous serons heureux ensemble :
La terre est indigne de toi.

« Là, jamais entière allégresse :
L'âme y souffre de ses plaisirs ;
Les airs de joie ont leur tristesse,
Les voluptés ont leurs soupirs.

« La crainte est de toutes les fêtes ;
Jamais un jour calme et screin

Du choc des vents et des tempêtes
N'a garanti le lendemain.

« Eh quoi ! les chagrins, les alarmes
Viendraient flétrir ton front si pur ;
Et, dans l'amertume des larmes,
Se terniraient tes yeux d'azur !

« Non, non, dans les champs de l'espace
Avec moi tu vas t'envoler ;
La Providence te fait grâce
Des jours que tu devais couler.

« Que personne dans ta demeure
N'obscurcisse ses vêtements ;
Qu'on accueille ta dernière heure
Ainsi que tes premiers moments.

» Que les fronts y soient sans nuage,
Que rien n'y révèle un tombeau.
Quand on est pur comme à ton âge,
Le dernier jour est le plus beau. »

Et, secouant ses blanches ailes,
L'ange, à ces mots, prit son essor
Vers les demeures éternelles...
Pauvre mère ! ton fils est mort.

REBOUL.

LE PAUVRE HONTEUX.

Il ne demande pas ; mais, sur son front livide,
Ah ! ne lisez-vous pas ces mots affreux : « J'ai faim !
Il ne demande pas ; il est fier et timide ;
Lui refuserez-vous, hélas ! un peu de pain ?

Hâtez-vous, le temps presse ; une minute encore,
Et peut-être, à vos pieds, vous le verrez mourir.
La faim, depuis trois jours, le ronge, le dévore ;
Il ne demande pas, car il faudrait rougir.

Il fut soldat, dit-on ; soldat, il était brave.
J'entendais autrefois célébrer sa vertu :
Oui, ce regard n'est pas le regard d'un esclave ;
Il a, n'en doutons pas, vaillamment combattu.

Emmenons ce vieillard dans notre humble chaumière,
Père, ce n'est pas lui qui nous appauvrira. »
Il portera bonheur à la famille entière ;
Emmenons-le, mon père, et Dieu nous bénira.

Toi, tu n'es pas heureux, tu n'es pas insensible ;
Nous connaissons aussi le tourment de la faim :
Mon père, tu le sais, tu sais qu'il est horrible ;
Mais, pour un jour encor, n'avons-nous pas du pain ?

BOUCHER DE PERTHES.

La Fille de Jephté.

La nuit même, à l'instant où, dans les cœurs mortels
Le sommeil a versé l'oubli des maux cruels,
Seule, veille et s'afflige une vierge éplorée ;
Seule, au fond du désert, triste, pâle, égarée,
De sa voix gémissante à l'écho des forêts
Elle conte en ces mots sa peine et ses regrets :

« La jeune vigne en paix boit les feux de l'aurore ;
Le palmier verdoyant ne craint pas de périr ;
La fleur même vivra plus d'un matin encore,
        Et moi, je vais mourir !

« Mes compagnes, un jour, au nom sacré de mère,
En secret, tressaillant d'orgueil et de plaisir,
Verront sourire un fils aussi beau que son père ;
        Et moi, je vais mourir !

« Aux auteurs de leurs jours prodiguant leur ten-
                                    [dresse],
Sous le fardeau des ans s'ils viennent à fléchir,
Elles seront l'appui de leur faible vieillesse ;
        Et moi, je vais mourir !

« Toi, qui des cieux entends une vierge plaintive,
Vois les pleurs de mon père et daigne les tarir ;
Donne-lui tous les jours dont ta rigueur me prive,
        Et je saurai mourir. »

                              Mollevaut.

LA PETITE MENDIANTE.

C'est la petite mendiante
Qui vous demande un peu de pain;
Donnez à la pauvre innocente,
Donnez, donnez, car elle a faim.
Ne rejetez pas ma prière !
Votre cœur vous dira pourquoi...
J'ai six ans, je n'ai plus de mère;
J'ai faim : ayez pitié de moi !

Hier, c'était la fête au village,
A moi personne n'a songé.
Chacun dansait sous le feuillage,
Hélas! et je n'ai pas mangé.
Pardonnez-moi si je demande;
Je ne demande que du pain.
Du pain! je ne suis pas gourmande.
Ah! ne me grondez pas, j'ai faim !

N'allez pas croire que j'ignore
Que dans ce monde il faut souffrir;
Mais je suis si petite encore !
Ah! ne me laissez pas mourir.
Donnez à la pauvre petite,
Et, pour vous, comme elle priera !
Elle a faim; donnez, donnez vite;
Donnez, quelqu'un vous le rendra.

Si ma plainte vous importune,
Eh bien ! je vais rire et chanter ;
De l'aspect de mon infortune
Je ne dois pas vous attrister.
Quand je pleure, l'on me rejette ;
Chacun me dit : « Éloigne-toi ! »
Écoutez donc ma chansonnette.
Je chante ! ayez pitié de moi.

BOUCHER DE PERTHES.

SOUVENIRS D'ENFANCE.

Te souvient-il, ma sœur, de la maison déserte,
De la blanche maison d'ombragse recouverte ?
    Du jardin où, le soir,
Tu courais pour tes fleurs puiser à la fontaine,
T'irritant quelquefois de ta marche incertaine
    Et du lourd arrosoir ?

Du bassin dont tes jeux troublaient l'eau monotone ?
Et du verger pour toi plein de fruits en automne
    Et de fleurs en avril ?
Des grands acacias et de la longue allée
Et des oliviers-nains qui bordaient la vallée,
    Dis-moi, t'en souvient-il ?

Et de ceux qui t'aimaient, enfant? et de ton père,
Qui rêvait pour nous tous un destin plus prospère?
    De notre mère? hélas!
Ou du moins de son nom? Te souvient-il encore
Combien dans nos regards ce nom faisait éclore
    De pleurs versés tout bas?

Tous dispersés déjà! famille inconsolée
Vers l'avenir douteux tous ont pris leur volée!
    Oiseaux aventureux,
Ils vont loin de leur nid fait de fleurs et de mousses;
Mais le Seigneur est bon, si les mères sont douces.
    Il veillera sur eux!

Henri de Bornier.

La Violette.

(Idylle.)

O fille du printemps! douce et touchante image
    D'un cœur modeste et vertueux,
Du sein de ces gazons tu remplis ce bocage
    De tes parfums délicieux.
Que j'aime à te chercher sous l'épaisse verdure

3

Où tu crois fuir mes regards et le jour !
Au pied d'un chêne vert, qu'arrose une onde pure,
   L'air embaumé m'annonce ton séjour.
Mais ne redoute pas cette main généreuse ;
   Sans te cueillir, j'admire ta fraîcheur.
     Je ne voudrais pas être heureuse
     Aux dépens même d'une fleur.
Ah ! comme ton parfum, dont la suave odeur
S'exhale dans les airs sans dévoiler tes charmes,
Que ne puis-je du pauvre, en essuyant les larmes,
   Lui dérober l'aspect du bienfaiteur !
Timide comme toi, je veux dans ma retraite
     Et dans l'oubli passer mes jours.
Un peu d'encens vaut-il ce trouble qui toujours
     Poursuit notre gloire inquiète ?

Mme LA COMTESSE D'HAUTPOUL.

LA ROSE.
(Par Chênedollé.)

Salut, reine des fleurs ! salut, vermeille rose !
A peine le matin a vu ta fleur éclose,
Que les jeunes zéphirs, d'un doux zèle emportés,
Racontent ta naissance aux bosquets enchantés ;
Et le printemps ravi, que ton éclat décore,
Te remet la couronne et le sceptre de Flore.

Oh ! tu mérites bien la douce royauté
Que la main du printemps décerne à ta beauté.
N'es-tu pas de la paix le riant interprète,
L'ornement de la vierge et l'amour du poëte ?
Mais, hélas ! combien peu vont durer ces couleurs !
L'aube en vain lui versa le tribut de ses pleurs :
Deux soleils, en passant, ont hâté sa vieillesse.
Ce matin, riche encor de grâce et de jeunesse,
Elle était du jardin l'espérance et l'amour ;
Mais la rose a vieilli dans l'espace d'un jour.
De cette tête, en vain par les grâces ornée,
Le soir j'ai vu tomber la couronne fanée ;
Et les zéphirs ingrats, sur les gazons fleuris,
De la rose à mes pieds ont roulé les débris.

LA PETITE MARGUERITE.

Toi, qui de l'innocence
As toute la fraîcheur ;
Délices de l'enfance,
Dont tu sembles la sœur,
Marguerite fleurie,
Honneur de nos vallons,
Comme dans la prairie,
Brille dans mes chansons.

Quand tu te renouvelles

Au retour des zéphirs,
Combien tu me rappelles
De touchants souvenirs !
Fleur aimable et champêtre,
Mes premières amours,
Que ne vois-je renaître
Avec toi mes beaux jours !

Des mains de la nature
Échappée au hasard,
Tu fleuris sans culture
Et tu brilles sans art.
Telle qu'une bergère
Oubliant ses appas,
Sans apprêts tu sais plaire
Et ne t'en doutes pas.

Ton sein, que la froidure
Empêchait de s'ouvrir,
Lorsque le ciel s'épure,
Aime à s'épanouir.
Ainsi l'aimable enfance,
Qu'intimide un censeur,
Aux yeux de l'indulgence
Ouvre son jeune cœur.

Loin des prés solitaires
Étalant ses attraits,

Ta sœur dans nos parterres
Va briguer des succès :
L'éclat d'un vain suffrage
Flatte sa vanité ;
Mais un stérile hommage
Vaut-il l'obscurit

Tel souvent pour la ville
Un jeune ambitieux
Fuit le champêtre asile
Qu'habitaient ses aïeux.
L'insensé ! pour partage,
Aux pieds de la grandeur
Il trouve l'esclavage
En perdant le bonheur.

Crois-moi : jamais n'envie
De plus brillants destins ;
Fille de la prairie,
Fuis toujours les jardins.
Songe que l'on préfère,
Dans ses humbles atours,
La naïve bergère
Aux sultanes des cours.

C. Dubos.

PAUVRE LILAS.

Hier encor, pauvre lilas,
Tes belles touffes dentelées,
Autres planètes étoilées,
   S'ouvraient, hélas !

Hier encor, de ton sommet
En faisceaux se courbait ta branche
Qui venait flotter, rose ou blanche,
   Comme un plumet.

Et plus rien ! plus rien aujourd'hui !
Tes corolles tombent souillées,
Et de tes tiges dépouillées
   L'encens a fui.

Ainsi tombent mes beaux vingt ans,
Frêle jeunesse d'une année,
Lilas d'un jour, branche fanée,
   Morte au printemps.

Mme HERMANCE LESGUILLON.

LA FLEUR.

(Stances.)

Fleur mourante et solitaire,
Qui fus l'honneur du vallon,

Tes débris jonchent la terre,
Dispersés par l'aquilon.

La même faux nous moissonne,
Nous cédons au même Dieu;
Une feuille t'abandonne,
Un plaisir nous dit adieu.

Chaque jour le temps nous vole
Un goût, une passion;
Et chaque instant qui s'envole
Emporte une illusion.

L'homme, perdant sa chimère,
Se demande avec douleur,
Quelle est la plus éphémère
De la vie ou de la fleur.

MILLEVOYE.

LES FLEURS.

Ce sol sans luxe vain, mais non pas sans parure,
Au doux trésor des fruits mêle l'éclat des fleurs;
Là croît l'œillet si fier de ses mille couleurs;
Là, croissent au hasard le muguet, la jonquille,
Et des roses de mai la brillante famille,
Le riche bouton d'or et l'odorant jasmin,

Le lis tout éclatant des feux purs du matin,
Le tournesol, géant de l'empire de Flore,
Et le tendre souci, qu'un or pâle colore.
Souci simple et modeste, à la cour de Cypris,
En vain sur toi la rose obtient toujours le prix,
Ta fleur moins célébrée a pour moi plus de charmes ;
L'aurore te forma de ses plus douces larmes.
Dédaignant des cités les jardins fastueux,
Tu te plais dans les champs. Ami des malheureux,
Tu portes dans les cœurs la douce rêverie ;
Ton éclat plaît toujours à la mélancolie ;
Et le sage Indien, pleurant près d'un cercueil,
De tes fraîches couleurs peint ses habits de deuil.

MICHAUD.

LA DEMOISELLE.

Sur l'anémone arrosée
   De rosée ;
Sur le buisson d'églantier,
Sur les ombreuses futaies,
   Sur les haies
Croissant au bord du sentier ;

Sur la pâquerette blanche
   Qui se penche
Au moindre souffle de vent ;

Le bouton d'or, la pivoine,
  Et l'avoine
Au panache gris mouvant;

Sur les prés, sur la colline
  Qui s'incline
Vers le champ bariolé
De pittoresques guirlandes
  Sur les landes,
Sur le grand orme isolé,

Voilà l'immense domaine
  Où promène
Ses caprices, fleur des airs,
La demoiselle nacrée,
  Diaprée
De reflets roses et verts.

Traversant prés et charmilles,
  Les familles
Des bourdonnants moucherons;
Elle se mêle à leur ronde
  Vagabonde
Et comme eux décrit des ronds.

Plus rapide que la brise,
  Elle frise,
Dans son vol capricieux,

L'eau transparente où se mire
 Et s'admire
Le saule au front soucieux :

Et quand la grise hirondelle
 Auprès d'elle
Passe, et ride à plis d'azur,
Dans sa chasse circulaire,
 L'onde claire,
Elle s'enfuit d'un vol sûr.

THÉOPHILE GAUTIER.

LE RUISSEAU.

(Idylle.)

Joli ruisseau, que mes années
Ont de rapport avec ton cours !
Sous de semblables déstinées
S'écoulent tes eaux et mes jours.

Tu rencontres dans tes voyages
Des champs féconds, de frais bocages,
Et des bords chéris du berger ;
Quelquefois des plages désertes,
Des ronces d'épines couvertes
Où l'homme craint de s'engager.
Joli ruisseau, etc.

Lorsqu'à midi, de leurs haleines
Les vents d'été brûlent nos plaines,
Tu désaltères nos troupeaux ;
Mais, pour prix de ta bienfaisance,
Souvent leur ingrate imprudence
D'un noir limon couvre tes eaux.
Joli ruisseau, etc.

Une roche aride et sauvage
Parfois s'élève à ton passage,
Et voudrait suspendre ton cours ;
Laissant une lutte inutile,
Tu poursuis ta course fertile
En prenant de légers détours.
Joli ruisseau, etc.

Crains ce fleuve qui de son onde,
Dans le sein de la mer profonde,
Porte les superbes tributs.
Loin de son passage rapide,
Fuis, ruisseau modeste et timide,
Si tu l'approches, tu n'es plus.
Joli ruisseau, etc.

Ah ! vois son faste sans envie ;
En vain sa vague enorgueilli
Insulte à ton obscurité :
Il porte le luxe en nos villes ;

Dans nos champs tes dons plus utiles
Répandent la fécondité.
Joli ruisseau, etc.

Loin des jardins de l'opulence,
Tu promènes ton inconstance
Sur un lit pur bordé de fleurs;
Dans le marbre ton eau captive
Sans doute eût regretté sa rive,
Son sable d'or et ses erreurs.
Joli ruisseau, etc.

Longtemps, dans ta course inégale,
Éludant la pente fatale,
Tu fuis et reviens tour à tour;
Mais enfin ton onde limpide
Tombe dans l'Océan avide,
Où tu disparais sans retour.

Joli ruisseau, que mes années
Ont de rapport avec ton cours!
Sous de semblables destinées
S'écoulent tes eaux et mes jours.   C. Dubos.

LE PREMIER MOT.

Premier mot que murmure
L'enfance faible et pure;
Instinct de la nature,
Écho secret du cœur;

Mot que le ciel envoie
A l'enfant qui l'emploie
Pour exprimer la joie
Ainsi que la douleur.

Dictame salutaire
Pour toute plaie amère,
Dans le cœur d'une mère
Mot qui vibres si doux ;
Mot sacré dont les charmes
Dissipent les alarmes
Et tarissent les larmes
Que fait naître un époux ;

Non, le bruit du zéphyre
Qui passe et qui soupire
Comme un son sur la lyre,
Comme un chant dans les airs ;
Le murmure rapide
D'un filet d'eau limpide
Qui se glisse, timide,
Sous les arbustes verts ;

La chanson que répète
Le nid de la fauvette,
Et qui dans sa retraite
Attire l'oiseleur ;
La plainte vague et douce
Que tout insecte pousse,

Et qui de l'humble mousse
Monte vers le Seigneur ;

L'effusion charmante
D'une muse naissante
Qui s'éveille et qui chante
Pour la première fois ;
La musique incertaine
D'une cloche lointaine
Dont l'écho dans la plaine
Vous apporte la voix ;

Ni le chant grave et tendre
Que l'orgue fait entendre
Quand Dieu daigne descendre
Visible sur l'autel ;
Tout ce que le génie
Peut créer d'harmonie ;
Toute la poésie
Des hommes et du ciel ;

Toute cette merveille
Est moins douce à l'oreille
D'une mère qui veille
Et rit incessamment,
Que la première plainte
D'une voix faible et sainte,
Qui s'essaie avec crainte
Et murmure : Maman !   CHARLES LAFONT

LA JEUNE FILLE.

Vous qui ne savez pas combien l'enfance est belle,
Enfants ! n'enviez pas notre âge de douleurs,
Où le cœur tour à tour est esclave ou rebelle,
Où le rire est souvent plus triste que vos pleurs.

Votre âge insouciant est si doux qu'on l'oublie !
Il passe comme un souffle au vaste champ des airs,
Comme une voix joyeuse en fuyant affaiblie,
    Comme un alcyon sur les mers.

Oh ! ne vous hâtez point de mûrir vos pensées,
Jouissez du matin, jouissez du printemps ;
Vos heures sont des fleurs l'une à l'autre enlacées :
Ne les effeuillez pas plus vite que le temps.

Laissez venir les ans ! Le destin vous dévoue
Comme nous aux regrets, à la fausse amitié,
A ces maux sans espoir que l'orgueil désavoue,
    A ces plaisirs qui font pitié.

Riez pourtant ! du sort ignorez la puissance ;
Ciel ! n'attristez pas votre front gracieux,
Votre œil d'azur, miroir de paix et d'innocence,
Qui révèle votre âme et réfléchit les cieux !

V. Hugo.

LA GRAND'MÈRE.

« Dors-tu? réveille-toi, mère de notre mère !
D'ordinaire en dormant ta bouche remuait;
Car ton sommeil souvent ressemble à ta prière,
Mais, ce soir, on dirait la madone de pierre;
Ta lèvre est immobile et ton souffle est muet.

« Pourquoi courber ton front plus bas que de coutume?
Quel mal avons-nous fait pour ne plus nous chérir ?
Vois, la lampe pâlit, l'âtre scintille et fume ;
Si tu ne parles pas, le feu qui se consume,
Et la lampe, et nous deux, nous allons tous mourir.

« Tu nous trouveras morts près de ta lampe éteinte;
Alors, que diras-tu quand tu t'éveilleras ?
Tes enfants à leur tour seront sourds à la plainte,
Pour nous rendre la vie en invoquant ta sainte,
Il faudra bien longtemps nous serrer dans tes bras.

« Oh ! montre-nous ta Bible et ses belles images;
Le ciel d'or, les saints bleus, les saintes à genoux,
L'Enfant Jésus, la crèche, et le bœuf, et les mages,
Fais-nous lire du doigt dans le milieu des pages,
Un peu de ce latin qui parle à Dieu de nous.

« Mère !... Hélas ! par degrés s'affaisse la lumière;
L'ombre joyeuse danse autour du noir foyer,

Les esprits vont peut-être entrer dans la chaumière,
Oh ! sors de ton sommeil, interromps ta prière;
Toi qui nous rassurais, veux-tu nous effrayer ?

« Dieu que tes bras sont froids !... rouvre les yeux...
                              [Naguère
Tu nous parlais d'un monde où nous mènent nos pas;
Et de ciel, et de tombe, et de vie éphémère ;
Tu parlais de la mort... dis-nous, ô notre mère !
Qu'est-ce donc que la mort ? Tu ne nous réponds pas !»

Leur gémissante voix longtemps se plaignit seule.
La jeune aube parut sans éveiller l'aïeule;
La cloche frappa l'air de ses funèbres coups,
Et le soir, un passant, par la porte entr'ouverte,
Vit devant le saint livre et la couche déserte
Les deux petits enfants qui priaient à genoux.

                              V. Hugo.

LES IMAGES DE LA BIBLE.

Apporte-moi la Bible, et viens voir les images :
Ici Dieu fait les mers, les astres, les nuages,
Le cèdre du Liban et le bluet des champs;
Car il peut tout : d'un souffle il détruit Babylone,
Il renverse les rois du piédestal d'un trône,
Et punit les enfants quand ils font les méchants.

Là, c'est l'Éden, ses fleurs, son serpent. Vois comme
Mord ce fruit défendu plein de miel et de sève! [Ève
Tout ce qu'on interdit semble plus doux encor,
N'est-ce pas, mes lutins? pour vous, petits rebelles,
Tous les fruits défendus ont des couleurs plus belles,
  Et pendent à des rameaux d'or.

Là, le déluge épand tous ses torrents, et l'onde
Couvre le globe entier, comme un linceul du monde.
Tout s'abîme, excepté l'arche que Dieu défend.
Mais l'arc-en-ciel reluit, et le Seigneur arrête
Les eaux du ciel, les flots des mers, pleins de tempête,
Aussi facilement que les pleurs d'un enfant!

Là, c'est Babel l'immense, et l'impie, et la vaine;
Notre-Dame, à côté, n'eût semblé qu'une naine;
Là, Samson aussi fort qu'un troupeau d'éléphants;
Là, Moïse au berceau qu'on fait jeter dans l'onde,
Parce qu'un Pharaon, un des grands rois du monde,
  N'aimait pas les petits enfants.

Ici, c'est Goliath, tenant sa haute lance
Que sa main de géant comme un roseau balance.
Or, David aperçut ce grand front qui planait,
Et le brisa d'un coup de pierre avec sa fronde.
Ce n'était qu'un enfant à chevelure blonde;
C'était un faible bras, mais Dieu le soutenait.
Vois Salomon priant celui dont tout émane...

Nos prières à Dieu, c'est son pain, c'est sa manne :
Le soir, s'il en manque une, en les comptant au ciel,
Il est sombre et chagrin; comme toi quand ta mère
Oublie un jour d'emplir autant qu'à l'ordinaire
    Ta tasse de lait et de miel.

Là, c'est Élie : il va, sous la main qui le pousse,
Marche sur le Jourdain comme toi sur la mousse;
Puis sur un char de flamme il monte vers son Dieu !
Hélas ! nous n'avons plus ces coursiers de lumière;
Ils sont restés là-haut ! Mais du moins la prière
Pour voyager au ciel est notre char de feu.

Vois-tu la Vierge ici? C'est la reine au long voile,
C'est la fleur de nos champs, et du ciel c'est l'étoile :
Or, Gabriel descend dans son humble foyer;
Il tient un lis moins pur que la Vierge modeste,
Et cet oiseau de Dieu, tout blanc et tout céleste,
    Prend sa maison pour colombier.

Là, c'est Jésus : c'est lui qui te veille invisible,
Te donne le sommeil pour ta nuit si paisible,
Pour aujourd'hui la joie et pour demain l'espoir.
Toujours il songe à toi; quand tu sors à la brune
En tremblant, il t'allume et te suspend la lune,
Pour ne pas te laisser sans lumière le soir.

Vois, aux petits enfants le voilà qui fait signe :
« Venez à moi, dit-il, vous, blancs comme le cygne;

Venez, Jésus vous aime et vous prend par la main.
Vous êtes tous sortis de mes cieux de délices
Depuis si peu de temps, que vos âmes novices
　　En savent encor le chemin. »

Que toujours, mon enfant, ce livre saint te reste;
Consulte-le souvent comme un ami céleste;
C'est la cage où l'on voit voltiger Gabriel;
Le livre qui contient la divine parole,
Où luit sur chaque page un rayon d'auréole,
Le foyer qui conserve un peu de feu du ciel.

　　　　　　　　　Mme ANAÏS SÉGALAS.

LES HEURES.

Le temps est notre père : en nous donnant des ailes,
Il nous a dit : « Allez, mes filles immortelles,
« Et vous suivant de l'œil, moi, le Temps, à mon gré,
　　« Je frapperai. »

Notre pas est léger, notre course si prompte,
Que le plus attentif avec peine nous compte,
Et l'homme, quand au loin nous prenons notre essor,
　　Nous cherche encor.

Nous fuyons sous le doigt qui dans l'ombre nous touche.
Le rêveur nous oublie, alors que sur sa couche

Il se plaît à créer de folles visions
    Et nous fuyons.

La vieillesse à grands cris nous rappelle et nous pleure,
Au prix de tout son or elle paierait une heure...
Mais son or ne saurait arrêter notre pas,
    Ni le trépas.

Rien n'a jamais lassé notre vol circulaire ;
Nous formons, par degrés, cet amas séculaire
D'âges qui, trop pesants, ont ployé sous leur main
    Le genre humain.

Nous les vingt-quatre sœurs, toujours jeunes et belles,
Sans cesse nous faisons des ruines nouvelles ;
Si du pied nous touchons les empires déchus,
    Ils ne sont plus.

Quand nous nous échappons du palais de l'Aurore,
Comme aux cieux le soleil, chez l'homme brille encore
L'espoir... Mais le soir vient nous rendre à l'Océan :
    C'est le néant !

                DES ESSARTS.

BERGERONNETTE.

Pauvre petit oiseau des champs,
Inconstante bergeronnette,

Qui voltiges, vive et coquette,
Et qui siffles tes jolis chants.

Bergeronnette si gentille
Qui tournes autour du troupeau ;
Par les prés sautille sautille,
Et mire-toi dans le ruisseau !

Va, dans tes gracieux caprices,
Béqueter la pointe des fleurs,
Ou poursuivre aux pieds des génisses
Les mouches aux vives couleurs.

Reprends tes jeux, bergeronnette,
Bergeronnette au vol léger ;
Nargue l'épervier qui te guette !...
Je suis là pour te protéger.

Si haut qu'il soit, je puis l'abattre...
Petit oiseau, chante !... et demain,
Quand je marcherai, viens t'ébattre
Près de moi, le long du chemin.

C'est ton doux chant qui me console ;
Je n'ai point d'autre ami que toi !
Bergeronnette, vole, vole,
Bergeronnette, devant moi.

DOVALLE

UN JOUR DE MARS.

Où fait-il du soleil ?... J'ai froid !... Faites-moi voir
Un vieux pan de muraille où tombe la lumière,
Ou quelque large vitre, ou quelque blanche pierre
Qu'un rayon de midi fait brûler jusqu'au soir.

Ici !... Dieu ! qu'on est bien ! C'est presque une autre
Qu'une douce chaleur après un long hiver !   [vie
La chaleur vient du ciel !... Comme elle vivifie
L'âme que les frimas engourdissaient hier !

A présent tout me rit ; et la mouche brillante,
Qui se balance là sur ses ailes d'azur,
Et ces touffes de mousse, et l'herbe verdoyante
Qui point timidement dans les fentes du mur.

Les arbres vont fleurir ; ils ont des boutons roses :
J'ai vu des papillons qui volaient à l'entour ;
Dans un mois, ce sera le premier temps des roses...
J'aime le temps des fleurs ;.....

Oui, les fleurs ; puis bientôt, les belles matinées ;
Puis les grands fils d'argent qui courent sur les prés ;
Puis, sous les gouttes d'eau les plantes inclinées,
Qui cachent dans les foins leurs disques bigarrés.

Puis après, les longs jours d'accablante mollesse,
Où l'on cherche le frais, où l'on dort à midi ;

Où, parmi les coussins , le luxe et la paresse
Ont un bras nonchalant sous leur tête arrondi.

Puis après , les beaux soirs , les tièdes crépuscules,
L'heure où l'on court aux champs avec ses jeunes
[sœurs ;
Où les petits enfants tressent des renoncules ,
Et de frêles pavots mélangent les couleurs.

Les beaux soirs , les beaux jours , les matins sans
[orage,
Le printemps embaumé , l'été resplendissant ;
Tout cela rend joyeux !... Je sens comme un nuage
Qui s'étend sur ma tête et me glace en passant...

Où fait-il du soleil ?... J'ai froid !... Si la lumière
Chauffe encor quelque vitre, ou quelque blanche
[pierre
Qu'un rayon de midi fait brûler jusqu'au soir,
Dites-le-moi ; c'est là que je voudrais m'asseoir.

DOVALLE.

LA CHEVALERIE.

Qu'ils étaient beaux ces jours de gloire et de bonheur
Où les preux s'enflammaient à la voix de l'honneur !
. . . .

Oh! qu'on aimait à voir ces fils de la patrie
Suspendre la bannière aux palmiers de Syrie,
Des arts dans l'Orient conquérir le flambeau,
Et, défenseurs du Christ, lui rendre son tombeau !
Qu'on aimait à les voir, bienfaiteurs de la terre,
Au frein de la clémence accoutumer la guerre !
Le faible, l'opprimé, leur confiait ses droits,
Au serment d'être juste ils admettaient les rois;
Leurs vœux mystérieux, leurs amitiés constantes,
Les hymnes de Roland répétés sous leurs tentes,
Leurs défis proclamés aux sons bruyants du cor,
A leurs vieux souvenirs m'intéressent encor :
J'interroge leur cendre; et la chevalerie,
Avec ses paladins, ses couleurs, sa féerie,
Ses légers palefrois, ses ménestrels joyeux,
Merveilleuse et brillante apparaît à mes yeux ;
Le casque orne son front, sa main porte une lance.
Aux rives du Tésin sur ses pas je m'élance :
La déité s'arrête et fléchit les genoux.
Quel spectacle imposant s'est montré devant nous !
Quel enfant des combats et de la Renommée
Suspend autour de lui la course d'une armée,
Et voit de fiers soldats couvrir de leurs drapeaux
Le chêne protecteur de son humble repos?
Est-ce un roi couronné des mains de la victoire?
Est-ce un triomphateur qui, fatigué de gloire,
S'assied quelques instants près de son bouclier?

4

Non, c'est Bayard mourant, c'est Bayard prisonnier;
A rejoindre Nemours déjà son âme aspire,
Il meurt... Le nom du Christ sur ses lèvres expire.
A la patrie en pleurs les Français abattus
Vont raconter sa mort, digne de ses vertus,
Et la chevalerie, inclinant sa bannière,
Pose sur le cercueil sa couronne dernière.

A. Soumet.

Les Enfants de la Morte.

La Mort vient d'entrer là, céleste messagère;
Dieu retire du monde une veuve, une mère,
Qui, du travail béni de ses fiévreuses mains,
Nourrissait deux enfants, maintenant orphelins.
On voit, à la lueur incertaine et blafarde
Qu'une aube de janvier répand dans la mansarde,
Le berceau, nid d'amour doucement balancé,
Où le couple enfantin sommeille entrelacé;
Le métier à broder, où l'aiguille acharnée
Gagnait hier encor le pain de la journée;
Quelques meubles chétifs, un crucifix de bois,
Devant qui les enfants joignaient leurs petits doigts,
Et, libre enfin des maux que la misère apporte,
Sur un lit délabré, la mère froide et morte.

Voici que dans la chambre à pas lents s'introduit
Une femme inquiète et qui marche sans bruit.
Elle avance, et sa main, qui tremble à cette épreuve,
Se pose en frémissant sur le front de la veuve.
Qu'il est froid ! Mais pourquoi repousser tout espoir?
Elle prend dans un coin un débris de miroir,
Et, demandant au ciel d'en ternir la surface,
Des lèvres de la morte elle approche la glace.
Rien n'y monte : la Mort, révélant son secret,
Sur le verre sans tache a tracé son arrêt.
Pauvres enfants! pour eux quel malheur ! L'étrangère
S'agenouille devant les restes de leur mère
Ferme ses yeux qu'au ciel les anges rouvriront,
Et de son dernier drap fait un voile à son front.

Cependant les enfants, sans s'éveiller encore,
Frottaient leurs yeux charmants agacés par l'aurore;
Des murmures confus sortaient de leur berceau,
Comme d'un nid caché des ramages d'oiseau.
La femme qui déjà les couvait sous son aile,
Et sentait tressaillir la fibre maternelle,
Sans troubler la douceur de leur sommeil heureux,
De pleurs et de baisers les couvrit tous les deux;
Et, ne prenant conseil que de la loi céleste,
« Emportons-les, dit-elle, et Dieu fera le reste. »

Le reste, c'était tout. Comment? On va le voir.
Cette femme au cœur d'or, qui, prompte à s'émouvoir,

Imposait à ses jours cette charge nouvelle,
Mère comme la veuve, était pauvre comme elle.
Son mari, travailleur, actif, intelligent,
Dans la bonne saison gagnait bien quelque argent;
Mais l'hiver, pour nourrir ses enfants et leur mère,
Il n'avait plus qu'un faible et hasardeux salaire.

A l'heure du repas, il vint les retrouver.
Sa femme était distraite et paraissait rêver;
Elle se demandait tout bas de quelle sorte
Il recevrait chez lui les enfants de la morte,
Et s'il verrait sans peur ces nouveaux appétits
Mordant au pain sacré dont vivaient ses petits.

« Femme, dit-il, après avoir avec ivresse
Serré contre son cœur les fruits de leur tendresse,
« D'où te vient cet air triste et ce regard baissé?
« Dans ton cœur maternel quelque crainte a passé.
« —Non, rien ne trouble encor mon bonheur ni le vôtre
« Ce qui me fait rêver, c'est le malheur d'un autre.
« —Et quel est ce malheur? qu'on me l'explique enfin
« —Eh bien! notre voisine est morte ce matin. »
En prononçant ces mots, la charitable femme,
Qui sentait redoubler ses craintes dans son âme,
Regardait un rideau dont les plis agités
Cachaient les deux enfants sur son lit transportés.

« Morte! dit le mari, c'est un bonheur pour elle;
« Mais pour ses deux enfants quelle perte cruelle!

« Je sais qu'ils ne mourront ni de faim ni de froid,

« Que plus d'un, par devoir, les prendra sous son toit ;

« Mais sans un peu d'accueil la vie est bien amère ;

« Il faudrait les aimer comme faisait leur mère.

« Écoute, jusqu'ici, cette main que tu vois

« A bien su vous donner du pain à tous les trois ;

« Pour en donner à cinq elle est assez chanceuse :

« Adoptons les enfants de cette malheureuse,

« Et choyons-les si bien, qu'oublieux et trompés,

« Ils ne soupçonnent pas quel coup les a frappés.

« Tu ne me réponds pas ? parle, tu m'embarrasses.

« Blâmes-tu mon dessein ? Non, puisque tu m'embrasses

« N'est-ce pas que c'est Dieu qui me le conseilla ?

« Va chercher les enfants.—Tiens, dit-elle, ils sont là ! »

CHARLES LAFONT.

L'ORAGE.

Une vapeur paraît, s'étend et s'épaissit ;

Le jour pâlit, l'air siffle et le ciel s'obscurcit.

Dans le sein d'un nuage assemblant les tempêtes,

La main de l'Éternel les suspend sur nos têtes :

Il vient, et devant lui s'élancent les éclairs ;

Son trône redoutable est au milieu des airs ;

Il abaisse les cieux, l'orage l'environne ;

4.

Les vents sont à ses pieds, la flamme [le couronne,
La foudre étincelante éclate dans ses mains.
Elle part, elle frappe, elle instruit les humains.
De ses traits enflammés voyez les tours brisées,
Les roches abattus, les forêts embrasées ;
La terre est en silence, et la pâle frayeur
Des peuples consternés glace et flétrit le cœur,
De ses traits meurtriers la grêle impitoyable
Bat les tristes épis, les brise, les accable ;
Tous les vents déchaînés arrachent des sillons
Les blés enveloppés dans leurs noirs tourbillons ;
Les torrents en fureur des montagnes descendent,
Les fleuves débordés dans les plaines s'étendent ;
Les champs sont submergés, les épis ne sont plus.
O travaux d'une année, un jour vous a perdus !

ROSSET.

LA DISTRIBUTION DES PRIX.

Voici, voici le jour des triomphes classiques !
On court, on vole en foule à ces fêtes publiques;
Prenons place ; voyons sous d'équitables lois
Distribuer des prix où j'eus part autrefois.
Le long de ces gradins, la jeunesse en attente,
S'agite entre l'espoir et le doute flottante.
A ces jeux solennels le prince du Sénat
Donne par sa présence un plus digne apparat.

Ah ! je vois déployer la liste triomphale !
J'entends nommer l'enfant que le talent signale ;
Place au vainqueur ! Il passe , il reçoit le laurier,
Au bruit de la timbale et du clairon guerrier.
Jamais triomphateur, dans la poudre olympique,
Jamais, la palme au front, poëte dramatique
N'a senti le plaisir plus avant dans son cœur.
Les mains , s'entre-frappant , accueillent le vain-
[queur.
On le fête au retour, et partout son nom vole :
Monté sur ce théâtre, il est au Capitole.
Qu'au sortir de ces lieux il lui tarde, en chemin ,
De revoir ses parents, les palmes à la main !
Sa mère l'attendait, et , pleine d'allégresse ,
Contre son sein ému le presse avec tendresse :
Ainsi la Spartiate embrassait ses enfants ,
Qui des Perses jadis revenaient triomphants.
Tels sont les fruits heureux des écoles publiques,
Et des esprits rivaux les combats pacifiques.
O puissant aiguillon de la rivalité !
Tout languit sans le feu de ton activité.
Parmi tous ces enfants qu'assemblent les lycées,
Le concours, des instincts échauffe les pensées ;
On s'évertue, on peut ce qu'on a cru pouvoir ;
Peu remportent le prix, mais tous en ont l'espoir ;
La chaleur tient au nombre. Où sont-ils les poëtes,
Les orateurs formés en de froides retraites ?

Quel mortel fit son nom et se survit encor,
Qui n'ait des bancs publics pris son premier essor ?

LEMIERRE.

L'AMIE PERDUE.

(Sonnet.)

Nous étions deux enfants à passer notre enfance,
Mais elle, si charmante et plus jeune que moi,
Nous vivions d'une égale et mutuelle foi,
Et cette sœur aimable avait nom l'Innocence.

Nous aurions tous les deux pleuré pour une absence;
Mais voilà qu'un matin l'orgueil me prend : « Et toi,
« N'es-tu pas homme enfin? » Il dit, et je le crois,
Je me mêle à la foule, et l'air impur m'offense.

Ma jeune amie en pleurs s'enfuit à cet affront,
Cachant dans ses deux mains la rougeur de son front,
Je la perdis alors dans la forêt profonde.

O douce bien-aimée ! où donc a-t-elle fui?
Dites, quel chaste Éden me la cache aujourd'hui?
Que je la cherche encor, fût-elle au bout du monde !

SAINTE-BEUVE.

LE MENSONGE.

Qui se dit gentilhomme et ment comme tu fais,
Il ment quand il le dit, et ne le fut jamais.
Est-il vice plus lâche? Est-il tache plus noire?
Est-il quelque faiblesse? Est-il quelque action
Dont un cœur vraiment noble ait plus d'aversion,
Puisqu'un seul démenti lui porte une infamie
Qu'il ne peut effacer s'il n'expose sa vie,
Et si dedans le sang il ne lave l'affront
Qu'une si honteux outrage imprime sur son front?

. . . .

CORNEILLE.

___

LA VANITÉ ET LE VRAI MÉRITE.

. . . .

Des effets de l'honneur je suis persuadée ;
Mais a-t-il de soi-même une si haute idée
Qu'il la laisse éclater en propos fastueux ?
Le véritable honneur est moins présomptueux ;
Il ne se vante point, il attend qu'on le vante ;
Et c'est la vanité qui, lasse de l'attente,
Et qui fière des droits qu'elle sait s'arroger
Croit obtenir l'estime en osant l'exiger.

. . . .

Oui, de la modestie embrassant la défense,
Je soutiens que par elle on voit la différence
Du mérite apparent ou mérite parfait :
L'un veut toujours briller, l'autre brille en effet,
Sans jamais y prétendre et sans même le croire;
L'un est superbe et vain, l'autre n'a point de gloire ;
Le faux aime le bruit, le vrai craint d'éclater ;
L'un aspire aux égards, l'autre à les mériter.
Je dirai plus, les gens nés d'un sang respectable
Doivent se distinguer par un esprit affable,
Liant, doux, prévenant; au lieu que la fierté
Est l'ordinaire effet d'un éclat emprunté.
. . . .
Toujours elle déplaît, elle offense, elle irrite,
Et ternit tout l'éclat du plus parfait mérite.

DESTOUCHES, (Le Glorieux).

LES DIFFÉRENTS AGES.

Le temps qui change tout, change aussi nos humeurs:
Chaque âge a ses plaisirs, son esprit et ses mœurs.

Un jeune homme, toujours bouillant en ses caprices,
Est prompt à recevoir l'impression des vices,
Est vain dans ses discours, volage en ses désirs,
Rétif à la censure, et fou dans les plaisirs.

L'âge viril, plus mûr, inspire un air plus sage.
Se pousse auprès des grands, s'intrigue, se ménage,
Contre les coups du sort cherche à se maintenir,
Et loin dans le présent regarde l'avenir.

La vieillesse chagrine incessamment amasse,
Garde, non pas pour soi, les trésors qu'elle entasse,
Marche en tous ses desseins d'un pas lent et glacé,
Toujours plaint le présent et vante le passé;
Inhabile aux plaisirs dont la jeunesse abuse,
Blâme en eux les douceurs que l'âge lui refuse.

BOILEAU.

LA PITIÉ.

Du trop d'amour de soi découlent tous les vices,
Les crimes, les fureurs, les froides injustices:
Oui, dans le cœur humain, s'il n'est pas combattu,
Le féroce égoïsme éteint toute vertu.
Mais pour servir de frein à ce penchant funeste,
Dieu daigna nous doter d'un sentiment céleste;
C'est la compassion, c'est la tendre pitié,
Qui dans ses mouvements ressemble à l'amitié:

Sans ce doux sentiment qui le rend sociable,
L'homme n'aurait été qu'une brute effroyable ;
Mais il reçut un cœur formé pour s'attendrir,
Aux accents du malheur un cœur prompt à s'ouvrir.
Achille sur Priam verse de nobles larmes.
D'un sympathique nœud qui n'a senti les charmes ?
Vivre en soi, ce n'est rien ; il faut vivre en autrui.
A qui puis-je être utile, agréable aujourd'hui ?
Voilà chaque matin ce qu'il faudrait se dire ;
Et le soir, quand des cieux la clarté se retire,
Heureux à qui son cœur tout bas a répondu :
Ce jour qui va finir, je ne l'ai pas perdu ;
Grâce à mes soins, j'ai vu, sur une face humaine,
La trace d'un plaisir ou l'oubli d'une peine !
Que la société porterait de doux fruits,
Si par de tels pensers nous étions tous conduits !
Demandons à ce Dieu, qui veut que l'on pardonne,
D'aimer et d'être aimés, de ne haïr personne ;
De réprimer en nous un instinct sec et dur,
Et d'y développer ce penchant doux et pur,
Cet amour du prochain que sa loi nous commande
C'est la perfection où je veux qu'on prétende.
Je l'ai prêché cent fois : je le répète encor.
D'un seul bon sentiment si j'ai hâté l'essor,
Ou si d'une vertu j'ai jeté la semence,
Ces vers, ces faibles vers ont eu leur récompense.

ANDRIEUX.

LA VEUVE DU MARIN.

L'onde est tranquille encor, mais un sombre nuage,
Recélant dans son sein les fureurs de l'orage,
  Va troubler le calme des mers ;
Et déjà dans son vol la rapide hirondelle,
Sinistre messagère, effleure de son aile
  La surface des flots amers.

L'ouragan se déchaîne en sa course terrible,
Et bientôt une nuit épouvantable, horrible,
  Sur les flots soulevés s'étend ;
La foudre gronde au loin, l'éclair luit et la dune
Croit entendre le bruit de l'antique Neptune
  Lorsqu'il agite son trident.

Voyez-vous tournoyer au fort de la tourmente
Ce navire lancé par la vague écumante
  Entre les ondes et les cieux ?
Mais la vague en courroux a redoublé sa rage
Et l'esquif malheureux, avec son équipage,
  S'engloutit dans l'abîme affreux.

Alors, comme un brigand satisfait de sa proie
Sent tomber sa fureur et regarde avec joie
  L'ennemi qu'il a terrassé ;
L'Océan ralentit sa fougue impétueuse ;

5

Mais l'air est sombre encor, l'onde tumultueuse;
   L'ouragan, pourtant, a cessé.

Une femme éplorée, approchant du rivage,
Vient s'asseoir sur un roc qui domine la plage;
   Elle tient son fils par la main.
L'enfant partage aussi cette douleur amère;
Et, pour la consoler, sur le cou de sa mère
   Il pose son bras enfantin.

La mère, caressant sa chevelure blonde,
S'efforce de sourire; et, l'œil fixé sur l'onde,
   Paraît interroger les flots.
Mon fils, prions pour lui, prions la Vierge sainte
Dont la bonté toujours est ouverte à la plainte,
   La patronne des matelots.

« Toi qui calmes l'orage et le vent en furie,
« Étoile de la mer! ô divine Marie!
   « O toi dont je porte le nom,
« Mère toi-même, exauce une mère qui prie,
« Une femme qui n'a d'autre appui que Marie,
   « Et t'implore en son abandon.

« Fais que, malgré les vents et la mer et l'orage,
« Celui qui me quitta pour un lointain rivage
   « Des flots revienne triomphant.
« Que son vaisseau, poussé par une vague amie,

« Le rende aux doux transports d'une épouse chérie,
  « Aux caresses de son enfant. »

Le cœur plus confiant après cette prière,
Elle embrasse des mers la plaine tout entière
  Aussi loin que son œil s'étend.
L'enfant regarde aussi d'une façon naïve,
Et, dans tous les objets qui flottent sur la rive,
  Il croit voir l'objet qu'il attend.

« Là-bas, là-bas, bien loin, ne vois-tu pas, ma mère,
« Quelque chose que l'onde entraîne vers la terre ?
  « Dis-moi, n'est-ce pas un vaisseau ?
« Non, mon fils, c'est, je crois, arraché par l'orage,
« Un de ces vieux sapins qui bordaient le rivage
  « Que le vent ballotte sur l'eau. »

Un navire ! un navire ! au bout de cette plage.
Ne l'aperçois-tu pas !... Hélas ! c'est un nuage
  Qu'agite la brise du soir.
Les voiles de la nuit commencent à s'épandre :
Rentrons, mon fils, rentrons ; et demain, pour l'at-
  Nous reviendrons là nous asseoir.   [tendre,

Le lendemain, avant le lever de l'aurore,
L'épouse tristement vint sur la rive encore :
  Son jeune fils suivait ses pas.

Elle vint tous les jours, fervente en sa prière,
Pour l'attendre, s'asseoir sur cette même pierre;
Mais son époux ne revint pas.

CHARLES ARDANT FILS, *avocat.*

LA MORT DE JEANNE D'ARC.

A qui réserve-t-on ces apprêts meurtriers?
Pour qui ces torches qu'on excite ?
L'airain sacré tremble et s'agite...
D'où vient ce bruit lugubre? où courent ces guerriers
Dont la foule à longs flots roule et se précipite ?

La joie éclate sur leurs traits ;
Sans doute l'honneur les enflamme :
Ils vont pour un assaut former leurs rangs épais.
Non, ces guerriers sont des Anglais
Qui vont voir mourir une femme.
Qu'ils sont nobles dans leur courroux!
Qu'il est beau d'insulter un bras chargé d'entraves !
La voyant sans défense, ils s'écriaient, ces braves :
« Qu'elle meure! Elle a contre nous
Des esprits infernaux suscité la magie... »
Lâches, que lui reprochez-vous?
D'un courage inspiré la brûlante énergie,
L'amour du nom français, le mépris du danger,

Voilà sa magie et ses charmes.;
En faut-il d'autres que des armes
Pour combattre, pour vaincre et punir l'étranger?

Du Christ avec ardeur Jeanne baisait l'image;
Ses longs cheveux épars flottaient au gré des vents.
Au pied de l'échafaud, sans changer de visage,
Elle s'avançait à pas lents.
Tranquille elle y monta. Quand, debout sur le faîte,
Elle vit ce bûcher qui l'allait dévorer,
Les bourreaux en suspens, la flamme déjà prête,
Sentant son cœur faillir, elle baissa la tête
Et se mit à pleurer.
Ah! pleure, fille infortunée!
Ta jeunesse va se flétrir
Dans sa fleur trop tôt moissonnée!
Adieu, beau ciel, il faut mourir.
Tu ne reverras plus tes riantes montagnes,
Le temple, le hameau, les champs de Vaucouleurs,
Et ta chaumière et tes compagnes,
Et ton père expirant sous le poids des douleurs.

Après quelques instants d'un horrible silence,
Tout à coup le feu brille, il s'irrite, il s'élance...
Le cœur de la guerrière alors s'est ranimé;
A travers les vapeurs d'une fumée ardente,
Jeanne, encor menaçante,

Montre aux Anglais son bras à demi consumé.

    Pourquoi reculer d'épouvante,

    Anglais ? son bras est désarmé.

La flamme l'environne et sa voix expirante

Murmure encore : « O France ! ô mon roi bien-aimé ! »

Qu'un monument s'élève aux lieux de ta naissance,

O toi, qui des vainqueurs renversas les projets !

La France y portera son deuil et ses regrets,

    Sa tardive reconnaissance.

Elle y viendra gémir sous de jeunes cyprès.

Puissent croître avec eux ta gloire et sa puissance !

Que sur l'airain funèbre on grave tes combats,

Les étendards anglais fuyant devant tes pas,

Dieu vengeant par tes mains la plus juste des causes !

Venez, jeunes beautés, venez, braves soldats,

Semer sur son tombeau les lauriers et les roses !

Qu'un jour le voyageur, en parcourant ces bois,

Cueille un rameau sacré, l'y dépose et s'écrie :

« A celle qui sauva le trône et la patrie,   [ploits. »

Et n'obtint qu'un tombeau pour prix de ses ex-

CASIMIR DELAVIGNE.

LE LION DE FLORENCE.

Près des murs de Florence une coutume antique

Consacrait tous les ans une fête rustique.

Le peuple des hameaux, dans les champs d'alentour
En chœur vient du printemps saluer le retour;
Mille groupes joyeux précipitent leur danse,
Fidèles au plaisir plutôt qu'à la cadence.
Tout à coup, ô terreur! un formidable accent
Perce la profondeur du bois retentissant.
Un lion, l'œil en feu, se présente à sa vue:
Tout fuit. Dans ce désordre, une mère éperdue
Emporte son enfant... Dieu! ce fardeau chéri,
De ses bras échappé, tombe. Elle jette un cri,
S'arrête... Il est déjà sous la dent dévorante.
Elle le voit, frémit, reste pâle, mourante,
Immobile, l'œil fixe et les bras étendus.
Elle reprend ses sens un moment suspendus;
La frayeur l'accablait, la frayeur la ranime.
O prestige d'amour! ô délire sublime!
Elle tombe à genoux: « Rends-moi, rends-moi mon
Ce lion si farouche est ému par ses cris,   [fils. »
La regarde, s'arrête et la regarde encore :
Il semble deviner qu'une mère l'implore.
Il attache sur elle un œil tranquille et doux,
Lui rend ce bien si cher, le pose à ses genoux,
Contemple de l'enfant le paisible sourire,
Et dans le fond des bois lentement se retire.

MILLEVOYE.

A UN PÈRE SUR LA MORT DE SA FILLE.

Ta douleur, Du Perrier, sera donc éternelle ?
　　Et les tristes discours
Que te met en esprit l'amitié paternelle,
　　L'augmenteront toujours ?

Le malheur de ta fille au tombeau descendue
　　Par un commun trépas,
Est-ce quelque dédale où ta raison perdue
　　Ne se retrouve pas ?

Je sais de quels appas son enfance était pleine,
　　Et n'ai pas entrepris,
Injurieux ami, de soulager ta peine
　　Avecque son mépris.

Mais elle était du monde où les plus belles choses
　　Ont le pire destin ;
Et rose elle a vécu ce que vivent les roses,
　　L'espace d'un matin.

La mort a des rigueurs à nulle autre pareilles ;
　　On a beau la prier,
La cruelle qu'elle est se bouche les oreilles,
　　Et nous laisse crier.

Le pauvre en sa cabane, où le chaume le couvre,
　　Est sujet à ses lois ;

Et la garde qui veille aux barrières du Louvre
  N'en défend point nos rois.

MALHERBE.

DERNIERS MOMENTS D'UN JEUNE POÈTE.

J'ai révélé mon cœur au Dieu de l'innocence ;
  Il a vu mes pleurs pénitents ;
Il guérit mes remords, il m'arme de constance ;
  Les malheureux sont ses enfants.

Mes ennemis riant ont dit dans leur colère :
  Qu'il meure et sa gloire avec lui !
Mais à mon cœur calmé le Seigneur dit en père :
  Leur haine sera ton appui.

A tes plus chers amis ils ont prêté leur rage ;
  Tout trompe la simplicité :
Celui que tu nourris court vendre ton image
  Noire de sa méchanceté.

Mais Dieu t'entend gémir, Dieu vers qui te ramène
  Un vrai remords né des douleurs ;
Dieu qui pardonne enfin à la nature humaine
  D'être faible dans les malheurs.

J'éveillerai pour toi la pitié, la justice
  De l'incorruptible avenir ;

5.

Eux-même épureront, par leur long artifice,
    Ton honneur qu'ils pensent ternir.

Soyez béni, mon Dieu ! vous qui daignez me rendre
    L'innocence et son noble orgueil ;
Vous qui, pour protéger le repos de ma cendre,
    Veillerez près de mon cercueil ;

Au banquet de la vie, infortuné convive,
    J'apparus un jour, et je meurs :
Je meurs, et sur ma tombe, où lentement j'arrive
    Nul ne viendra verser des pleurs.

Salut, champs que j'aimais, et vous, douce verdure
    Et vous, riant exil des bois !
Ciel, pavillon de l'homme, admirable nature,
    Salut pour la dernière fois !

Ah ! puissent voir longtemps votre beauté sacrée
    Tant d'amis sourds à mes adieux !
Qu'ils meurent pleins de jours, que leur mort soit
    Qu'un ami leur ferme les yeux !   [pleurée,

                        GILBERT.

LE PAUVRE AVEUGLE ET LE JEUNE HOMME.

Au pied d'une antique chapelle
Un pauvre aveugle était assis ;

Près de lui faisait sentinelle
Un chien, le meilleur des amis.
Damon passe, son char rapide
Écrase l'appui du malheur ;
Le vieillard, aux cris de son guide,
Exhale en ces mots sa douleur :

Si de mon front sexagénaire
Les rides causaient tes dédains,
Si les lambeaux de ma misère
Blessaient tes regards inhumains,
De mon existence pénible
Tu pouvais trancher le lien ;
Mais, dis-moi , jeune homme insensible,
Dis-moi, que te faisait mon chien ?

Il veillait sur moi dès l'aurore,
Présentant la coupe aux bienfaits,
La nuit, Médor veillait encore
Au réduit où je reposais.
Mon chien était, dans ma détresse,
Mon seul ami, mon seul soutien ;
Où vais-je traîner ma vieillesse ?
Jeune homme, regarde mon chien.

Comme toi je fus jeune et riche,
Je montais un coursier fougueux
Mais dans ce rang que l'or affiche

Je respectais le malheureux ;
Quand un vieillard, sur la poussière,
De moi réclamait quelque bien,
Mon cœur soulageait sa misère,
Et ma main caressait son chien.

Si quelque jour le sort contraire
Te réduisait à mendier ;
Si le passant à ta prière
Refusait un simple denier ;
Ah ! puisses-tu, dans tes alarmes,
Trouver un Médor pour soutien,
Et, repentant, verser des larmes
De m'avoir privé de mon chien !

LÉVI.

LA JEUNE CAPTIVE.

L'épi naissant mûrit de la faux respecté,
Sans crainte du pressoir le pampre tout l'été
   Boit les doux présents de l'aurore,
Et moi, comme lui belle, et jeune comme lui,
Quoi que l'heure présente ait de trouble et d'ennui,
   Je ne veux pas mourir encore !

Qu'un stoïque aux yeux secs vole embrasser la mort ;
Moi, je pleure et j'espère : au noir souffle du nord
   Je plie et relève la tête.

S'il est des jours amers, il en est de si doux !
Hélas ! quel miel jamais n'a laissé de dégoûts ?
    Quelle mer n'a point de tempête ?

L'illusion féconde habite dans mon sein :
D'une prison sur moi les murs pèsent en vain,
    J'ai les ailes de l'espérance ;
Échappée aux réseaux de l'oiseleur cruel,
Plus vive, plus heureuse aux campagnes du ciel,
    Philomèle chante, et s'élance.

Est-ce à moi de mourir ? Tranquille je m'endors,
Et tranquille je veille ; et ma veille aux remords
    Ni mon sommeil ne sont en proie.
Ma bienvenue au jour me rit dans tous les yeux ;
Sur des fronts abattus mon aspect dans ces lieux
    Fait renaître presque la joie.

Mon beau voyage encore est si loin de sa fin !
Je pars, et des ormeaux qui bordent le chemin
    J'ai passé le premier à peine.
Au banquet de la vie à peine commencé,
Un instant seulement mes lèvres ont pressé
    La coupe en mes mains encor pleine.

Je ne suis qu'au printemps, je veux voir la moisson,
Et, comme le soleil, de saison en saison,
    Je veux achever mon année.
Brillante sur ma tige et l'honneur du jardin,

Je n'ai vu luire encor que les feux du matin :
　Je veux achever ma journée.

Ainsi, triste et captif, ma lyre toutefois
S'éveillait : écoutant ces plaintes, cette voix,
　Ces vœux d'une jeune captive,
Et secouant le joug de mes jours languissants,
Aux douces lois des vers je pliais les accents .
　De sa bouche aimable et naïve.

ANDRÉ CHÉNIER.

L'AMOUR MATERNEL.

Que j'aime à contempler cette mère adorée,
De rejetons charmants avec grâce entourée!
L'un assiége son front, d'autres pressent sa main;
Tandis que le plus jeune, étendu sur son sein,
Sans bruit, cherchant la place où son amour aspire,
Gravit jusqu'à la bouche où l'appelle un sourire.
Mais, par l'heure averti moins que par son amour,
Leur père impatient est déjà de retour.
Il entre... Quelle image! et quel moment de fête!
Immobile et charmé, sur le seuil il s'arrête.
Ne respirant qu'à peine, en silence il jouit ;
Sous son feutre à longs bords son front s'épanouit;
Dans ses yeux paternels la joie éclate et brille,
Et du fond de son âme il bénit sa famille.

Un père, toutefois, avec austérité
Tempère son amour par la sévérité ;
Il étend sur ses fils la longue prévoyance.
La mère sait aimer, c'est toute sa science.
J'en atteste un seul mot par le cœur inspiré :
Une mère perdit son enfant adoré ;
Son digne et vieux pasteur sur sa vive souffrance
Versait le baume heureux d'une douce éloquence :
« Ranimez, disait-il, ce courage abattu ;
Du pieux Abraham imitez la vertu :
Dieu demanda son fils, et Dieu l'obtint d'un père...
— Ah ! Dieu ne l'eût jamais exigé d'une mère ! »
Cri sublime qui, seul, vaut les plus doctes chants !
Et comment exprimer ces transports si touchants
Qu'à l'âme d'une mère un tendre amour inspire ?
Elle aime son enfant, même avant qu'il respire :
Quand ce gage chéri, si longtemps imploré,
S'échappe avec effort de son flanc déchiré
Dans quel enchantement son oreille ravie
Reçoit le premier cri qui l'annonce à la vie !
Heureuse de souffrir, on la voit tour à tour
Soupirer de douleur et tressaillir d'amour.
Ah ! loin de le livrer au sein de l'étrangère,
Sa mère le nourrit ; elle est deux fois sa mère.
Elle écoute, la nuit, son paisible sommeil ;
Par un souffle elle craint de hâter son réveil ;
Elle entoure de soins sa fragile existence ;

Avec celle d'un fils la sienne recommence :
Elle sait, dans ses cris devinant ses désirs,
Pour ses caprices même inventer des plaisirs.

Quand la raison précoce a devancé son âge,
Sa mère, la première, épure son langage ;
De mots nouveaux pour lui, par de courtes leçons,
Dans sa jeune mémoire elle imprime les sons :
Soin précieux et tendre, aimable ministère,
Qu'interrompent souvent les baisers d'une mère.
D'un naïf entretien poursuit-elle le cours ?
Toujours interrogée, elle répond toujours.
Quelquefois une histoire abrége la veillée ;
L'enfant prête une oreille active, émerveillée ;
Appuyé sur sa mère, à ses genoux assis,
Il craint de perdre un mot de ces fameux récits.
Quelquefois de Gessner la muse pastorale
Offre au jeune lecteur sa riante morale ;
Il s'amuse et s'instruit : par un mélange heureux,
Ses jeux sont des travaux, ses travaux sont des jeux.

La lice va s'ouvrir : l'étude opiniâtre
Te dispute ce fils que ton cœur idolâtre,
Tendre mère ! déjà de sérieux loisirs
Préparent ses succès, ainsi que tes plaisirs.
Enfin luit la journée où le rhéteur antique,
D'un peuple turbulent monarque flegmatique ;
Dépouillant de son front la morne austérité,

Décerne au jeune athlète un laurier mérité.
En silence, on attache une vue attendrie
Sur l'enfant qui promet un homme à la patrie.
Cet enfant, c'est le tien : un cri part; le vainqueur,
Porté par mille bras, est déjà sur ton cœur;
Son triomphe est à toi, sa gloire t'environne,
Et de pleurs maternels tu mouilles sa couronne.

Il échappe à l'enfance, et ses nouveaux destins
L'appellent désormais vers les pays lointains ;
Ton âme se déchire à cet adieu funeste...
Mais du moins, s'il s'éloigne, une fille te reste ;
Ta fille caressante, attachée à tes pas,
Semble te dire : « Moi, je ne partirai pas. »   [ble,
Moins changeante en ses goûts, en ses jeux plus paisi-
Son esprit est plus souple et son cœur plus sensible;
Comme l'aube promet le jour à l'horizon,
Elle te fait déjà pressentir sa raison ;
Et d'un devoir futur déjà préoccupée,
Rêve le nom de mère en berçant sa poupée.

MILLEVOYE.

SOUVENIRS D'UN LABOUREUR.

Heureux qui vit en paix du lait de ses brebis
Et qui de leur toison voit filer ses habits,
Qui ne sait d'autre mer que la Marne et la Seine

Et croit que tout finit où finit son domaine !
En cet heureux état, les plus beaux de mes jours
Près des rives de l'Oise ont commencé leur cours.
Soit que je prisse en main le soc ou la faucille,
Le labeur de mes mains nourrissait ma famille ;
Et lorsque le soleil, en achevant son tour,
Finissait mon travail en finissant le jour,
Je trouvais mon foyer couronné de ma race :
A peine, bien souvent, y pouvais-je avoir place.
L'un gisait au maillot, l'autre dans le berceau ;
Ma femme en les baisant dévidait son fuseau ;
Le temps s'y ménageait comme chose sacrée :
Jamais l'oisiveté n'avait chez moi d'entrée.
Aussi les dieux alors bénissaient ma maison :
Toutes sortes de biens me venaient à foison,
Mais, hélas ! ce bonheur fut de peu de durée :
Aussitôt que ma femme eut sa vie expirée,
Tous mes petits enfants la suivirent de près.
Et moi je restai seul, accablé de regrets,
De même qu'un vieux tronc, relique de l'orage,
Qui se voit dépouillé de branches et d'ombrage.

RACAN.

LE PETIT SAVOYARD.

PREMIÈRE ÉLÉGIE. — Le départ

Pauvre petit, pars pour la France.
Que te sert mon amour ? je ne possède rien.
On vit heureux ailleurs ; ici, dans la souffrance.
Pars, mon enfant, c'est pour ton bien.
Tant que mon toit put te suffire,
Tant qu'un travail utile à mes bras fut permis,
Heureuse et délassée en te voyant sourire,
Jamais on n'eût osé me dire :
Renonce aux baisers de ton fils.
Mais je suis veuve : on perd sa force avec la joie.
Triste et malade, où recourir ici ?
Où mendier pour toi ? chez des pauvres aussi.
Laisse ta pauvre mère, enfant de la Savoie ;
Va, mon enfant, où Dieu t'envoie.
Mais, si loin que tu sois, pense au foyer absent ;
Avant de le quitter, viens, qu'il nous réunisse.
Une mère bénit son fils en l'embrassant :
Mon fils, qu'un baiser te bénisse.
Vois-tu ce grand chêne, là-bas ?
Je pourrai jusque-là t'accompagner, j'espère.
Quatre ans déjà passés, j'y conduisis ton père ;
Mais lui, mon fils, ne revint pas.
Encor, s'il était là pour guider ton enfance,

Il m'en coûterait moins de t'éloigner de moi;
Mais tu n'as pas dix ans, et tu pars sans défense...
    Que je vais prier Dieu pour toi !...
Que feras-tu, mon fils, si Dieu ne te seconde,
Seul, parmi les méchants; car il en est au monde,
Sans ta mère, du moins, pour t'apprendre à souffrir ?
Oh ! que n'ai-je du pain, mon fils, pour te nourrir !
Mais Dieu le veut ainsi : nous devons nous soumettre.
    Ne pleure pas en me quittant;
Porte au seuil des palais un visage content.
Parfois mon souvenir t'affligera peut-être...
Pour distraire le riche, il faut chanter pourtant.
Chante tant que pour toi la vie est moins amère;
Enfant, prends ta marmotte et ton léger trousseau,
Répète, en cheminant, les chansons de ta mère,
Quand ta mère chantait autour de ton berceau.
Si ma force première encor m'était donnée,
J'irais, te conduisant moi-même par la main;
Mais je n'atteindrais pas la troisième journée,
Il faudrait me laisser bientôt sur ton chemin :
Et moi, je veux mourir aux lieux où je suis née.
Maintenant, de ta mère entends le dernier vœu :
Souviens-toi, si tu veux que Dieu ne t'abandonne,
Que le seul bien du pauvre est le peu qu'on lui donne.
Prie, et demande au riche : il donne au nom de Dieu.
Ton père le disait; sois plus heureux : adieu.

Mais le soleil tombait des montagnes prochaines,
Et la mère avait dit : Il faut nous séparer ;
Et l'enfant s'en allait à travers les grands chênes,
Se tournant quelquefois, et n'osant pas pleurer.

DEUXIÈME ÉLÉGIE. — Paris.

J'ai faim ; vous qui passez, daignez me secourir.
Voyez : la neige tombe, et la terre est glacée,
J'ai froid : le vent se lève et l'heure est avancée,
    Et je n'ai rien pour me couvrir.
Tandis qu'en vos palais tout flatte votre envie,
A genoux sur le seuil, j'y pleure bien souvent ;
Donnez : peu me suffit. Je ne suis qu'un enfant ;
    Un petit sou me rend la vie.
On m'a dit qu'à Paris je trouverais du pain ;
Plusieurs ont raconté, dans nos forêts lointaines,
Qu'ici le riche aidait le pauvre dans ses peines ;
Eh bien ! moi, je suis pauvre, et je vous tends la main.
    Faites-moi gagner mon salaire :
Où me faut-il courir ? dites, j'y volerai.
Ma voix tremble de froid ; eh bien ! je chanterai,
    Si mes chansons peuvent vous plaire.
    Il ne m'écoute pas, il fuit ;
Il court dans une fête, et j'en entends le bruit
    Finir son heureuse journée.
Et moi, je vais chercher, pour y passer la nuit,

Quelque guérite abandonnée.
Au foyer paternel quand pourrai-je m'asseoir ?

Rendez-moi ma pauvre chaumière,
Le laitage durci qu'on partageait le soir,
Et, quand la nuit tombait, l'heure de la prière
Qui ne s'achevait pas sans laisser quelque espoir.
Ma mère, tu m'as dit, quand j'ai fui ta demeure :
Pars, grandis et prospère, et reviens près de moi.
Hélas ! et tout petit faudra-t-il que je meure

Sans avoir rien gagné pour toi ?

Non, l'on ne meurt point à mon âge :
Quelque chose me dit de reprendre courage...
Eh ! que sert d'espérer !... que puis-je attendre enfin !
J'avais une marmotte, elle est morte de faim.
Et, faible, sur la terre il reposait sa tête,
Et la neige en tombant le couvrait à demi,
Lorsqu'une douce voix, à travers la tempête,
Vint réveiller l'enfant par le froid endormi.

Qu'il vienne à nous celui qui pleure,
Disait la voix mêlée au murmure des vents :

L'heure du péril est notre heure,
Les orphelins sont nos enfants.

Et deux femmes en deuil recueillaient sa misère.
Lui, docile et confus, se levait à leur voix.
Il s'étonnait d'abord ; mais il vit dans leurs doigts
Briller la croix d'argent au bout du long rosaire,
Et l'enfant les suivit en se signant deux fois.

TROISIÈME ÉLÉGIE. — Le retour.

Avec leurs grands sommets, leurs glaces éternelles,
Par un soleil d'été, que les Alpes sont belles !
Tout dans leurs frais vallons sert à nous enchanter,
La verdure, les eaux, les bois, les fleurs nouvelles.
Heureux qui sur ces bords peut longtemps s'arrêter !
Heureux qui les revoit, s'il a pu les quitter !
Quel est ce voyageur que l'été leur renvoie,
Seul, loin dans la vallée, un bâton à la main ?
C'est un enfant... Il marche, il suit le long chemin
    Qui va de France à la Savoie.
Bientôt de la colline il prend l'étroit sentier :
Il a mis ce matin la bure du dimanche,
    Et dans son sac de toile blanche
Est un pain de froment qu'il garde tout entier.
Pourquoi tant se hâter à sa course dernière ?
C'est que le pauvre enfant veut gravir le coteau,
Et ne point s'arrêter qu'il n'ait vu son hameau,
    Et n'ait reconnu sa chaumière.
Les voilà... Tels encor qu'il les a vus toujours,
Ces grands bois, ce ruisseau qui fuit sous le feuillage !
Il ne se souvient plus qu'il a marché dix jours :
    Il est si près de son village !
Tout joyeux il arrive, et regarde... mais quoi !
Personne ne l'attend ! sa chaumière est fermée !

Pourtant du toit aigu sort un peu de fumée,
Et l'enfant plein de trouble : « Ouvrez, dit-il, c'est moi.
La porte cède : il entre ; et sa mère attendrie,
Sa mère, qu'un long mal près du foyer retient,
Se relève à moitié, tend les bras et s'écrie :
   N'est-ce pas mon fils qui revient ?
Son fils est dans ses bras qui pleure et qui l'appelle :
Je suis infirme, hélas ! Dieu m'afflige, dit-elle ;
Et depuis quelques jours je te l'ai fait savoir,
Car je ne voulais pas mourir sans te revoir.
Mais lui : De votre enfant vous étiez éloignée :
Le voilà qui revient ; ayez des jours contents ;
Vivez : je suis grandi, vous serez bien soignée ;
   Nous sommes riches pour longtemps.
Et les mains de l'enfant, des siennes détachées,
Jetaient sur ses genoux tout ce qu'il possédait,
Les trois pièces d'argent dans sa veste cachées,
Et le pain de froment que pour elle il gardait.
Sa mère l'embrassait, et respirait à peine ;
Et son œil se fixait, de larmes obscurci,
   Sur un grand crucifix de chêne
Suspendu devant elle et par le temps noirci.
C'est lui, je le savais, le Dieu des pauvres mères
Et des petits enfants, qui du mien a pris soin ;
Lui qui me consolait quand mes plaintes amères
   Appelaient mon fils de si loin ;
C'est le Christ du foyer que les mères implorent,

Qui sauve nos enfants du froid et de la faim.
Nous gardons nos agneaux, et les loups les dévorent ;
Nos fils s'en vont tout seuls... et reviennent enfin.
Toi, mon fils, maintenant me seras-tu fidèle ?
Ta pauvre mère infirme a besoin de secours ;
Elle mourrait sans toi. L'enfant, à ce discours,
Grave, et joignant ses mains, tombe à genoux près
[d'elle,
Disant : Que le bon Dieu vous fasse de longs jours !

Alex. Guiraud.

Les Deux Soutiens de la vie.

Quand j'ai traversé la vallée,
Un oiseau chantait sur son nid.
Ses petits, sa chère couvée,
Venaient de mourir dans la nuit ;
Cependant il chantait l'aurore !
O ma muse, ne pleurez pas !
A qui perd tout, Dieu reste encore,
Dieu là-haut, l'espoir ici-bas.

Alfred de Musset.

6

LE PETIT SOU NEUF.

Tu sors de la monnaie ainsi que d'un château,
    Tu prends des airs fiers et sublimes;
Et chacun te salue en te voyant si beau,
    Petit marquis de cinq centimes.

Le sou classique est humble et sans prétention,
    Noir, vieux, sans parure empruntée;
Mais on vient d'en tirer une autre édition,
    Revue et non pas augmentée.

La jeunesse est volage, elle aime à voyager;
    Tout l'attire, rien ne l'effraie;
Pars donc, va parcourir, vagabond et léger,
    La poche et le porte-monnaie;

La bourse de l'avare, où sonnent les écus,
    Celle du prodigue, où, je gage,
Tu te verras parfois, seul comme Marin
    Sur les ruines de Carthage.

Mais dans la main du pauvre arrive sans retard,
Et ne va pas manquer au petit Savoyard,
Au chanteur de la rue, oiseau sans nid peut-être,
Rossignol enroué dont le sort est cruel.
Si la manne aujourd'hui ne tombe plus du ciel,
Qu'au moins le petit sou tombe de la fenêtre.

Ami de l'ouvrière, à qui tu viens sourire,
Habitant des greniers et de la tirelire,
Jamais du coffre-fort tu n'auras les honneurs.
C'est le palais où vit la pièce d'or altière ;
Mais l'humble tirelire est, comme la chaumière
Où tu t'endors en paix sans souci des voleurs.

Allons, en avant marche ! entre dans la caserne.
On t'illustra d'un aigle, ô petit sou moderne,
Pour payer nos soldats ! Le courage et l'honneur
Ont des lauriers au front et des sous dans la poche :
Le soldat est sans biens, sans peur et sans reproche,
Le cuivre est dans sa poche et l'or est dans son cœur.

Mais pour les frais du culte, un prêtre te demande.
Mon petit sou béni, tombe vite en offrande...
Ajoute une lumière à l'autel plus vermeil,
Viens donner une fleur au Dieu qui sans mesure
Nous donna les grands bois et la grande nature,
Un simple cierge au Dieu qui nous rend le soleil.

Un jour, ô sou charmant que la jeunesse enivre,
Tu deviendras pareil à ces vieillards de cuivre,
Usés, noircis, rouillés ! Le temps nous vieillit tous ;
A l'un il met la ride, à l'autre il met la rouille,
De leur jeune fraîcheur, en passant il dépouill
Les roses du printemps comme les petits sous

Tu diras : « Je suis vieux, mais j'ai vécu sans crimes,

« Sans tenter l'assassin avec mes cinq centimes.

« Jamais le sang versé ne me déshonora ;

« Je suis le petit sou que l'on fit pour l'aumône :

« J'ouvre une porte au ciel à celui qui me donne,

« Je fais un peu de bien sans venir du Pérou.

« Avec les pièces d'or, soleils de la cassette,

« On bâtit des palais pompeux ; mais on achète

« Sa place au paradis avec un petit sou. »

ANAÏS SÉGALAS.

LES ORGUES.

Silence dans la nef ! le soleil d'occident
        Vers l'horizon pourpré s'incline,
        Et son disque d'or illumine
La rosace qui luit, ainsi qu'un disque ardent.
Peuple ! prêtres ! Vous tous, enfants de la prière,
Laissez quelques instants les cantiques sacrés,
Par les derniers échos vaguement murmurés,
        S'endormir dans le sanctuaire.

Silence ! entendez-vous comme en nos cœurs trou-
        Un vague prélude circule,   [blés
        Pareil au vent du crépuscule
Qui court mélancolique et pleure dans les blés ?
C'est l'orgue qui répond à des mains palpitantes ;
Sa voix s'enfle, grandit, et soudain jusqu'aux cieux

Sous l'effort cadencé des doigts mélodieux,
 Jaillit en notes éclatantes.

Chantez! échos du ciel, voix d'espoir et d'amour!
 Et toi qui réveillas l'aurore,
 O musique, murmure encore
Pour bercer la nature et fermer l'œil du jour!
Tes sublimes concerts donnent l'essor à l'âme :
Elle frémit, s'élance, et, du pied de l'autel,
Dans les flots d'harmonie et d'encens, jusqu'au cie
 Monte avec ses ailes de flamme.

Or, j'entendais un bruit, comme les grandes eaux
 Se brisant au roc de la plage;
 La sueur baignait mon visage,
Et je sentais courir le frisson dans mes os.
Tantôt l'orgue roulait sa note monotone,
Tantôt rauque il enflait ses trompettes d'airain;
Et mon cœur palpitait comme un voile de lin
 Agité par le vent d'automne.

L'éternel hosanna résonne dans les airs,
 Le monde a tremblé dans l'espace...
 Il vient! C'est lui! c'est Dieu qui passe,
En étendant la main d'en haut sur l'univers.
Les chérubins, courbés comme au vent les pervenches,
Enivrés d'un bonheur qui ne finira pas,
Contemplent en tremblant la trace de ses pas
 A l'ombre de leurs ailes blanches.

6.

Hosanna ! gloire à Dieu, Dieu tout puissant !... Et toi
   Musique, voix des espérances,
     Consolatrice des souffrances,
Écho d'une autre vie en qui nous avons foi,
Répands sur nous l'éclat de ta sainte auréole !
Viens, viens, âme nouvelle, en nos âmes vibrer,
Prodiguant tes soupirs qui nous font tant pleurer
   Et ton doux chant qui nous console.

Gloire à Dieu !... mais déjà tous les chants ont cessé
   Dans la nef aux sombres ogives,
     De l'orgue les notes plaintives
Roulent en s'éteignant comme un cri du passé.
Sous le portail ouvert, le peuple à flots s'écoule :
La vision s'efface, et je ne vois aux cieux
Que le dernier rayon glissant silencieux
   Sur les fronts courbés de la foule...

BLANCHEMAIN.

LES PREMIERS PAS A L'ÉGLISE.

Vois-tu cette maison où la cloche t'appelle,
Sa haute tour sculptée en légère dentelle,
Ses vitraux mêlés d'or, d'écarlate et de bleu ?
C'est une église... Oh ! viens-y faire une prière !
Vois tous les saints rangés sur le portail de pierre,
Pour compter les enfants qui viennent prier Dieu.

Regarde, tout au fond, la chapelle fleurie
De la reine du ciel, qu'on appelle Marie ;
Là, tout est blanc et frais comme tes jeunes ans.
Oh ! vois sur cet autel qui parle à nos deux âmes,
Une vierge au front pur, pour soutenir les femmes,
Un nouveau-né divin pour sourire aux enfants !

Implore avec ferveur ce Dieu bon comme un père,
Grand comme un roi des rois, tout petit comme un
Il aime ton cœur simple et ton naïf élan ; [frère,
Il préfère un front pur à tout ce qu'on renomme,
La candeur de l'enfant aux vanités de l'homme,
Et la plume du cygne à la plume du paon.

Dis à la Vierge aussi : « Priez pour nous, Marie,
Rose du paradis et Lis de la prairie,
Reine au palais de feu, Mère à l'amour brûlant.
Demande-lui la foi, la pureté de l'âme,
Et les chastes vertus qu'elle garde à la femme
        Dans les plis de son voile blanc.
                                [assise ;
Viens... donne à l'indigente, au seuil du temple
L'ange de charité, qu'on rencontre à l'église,
Doit descendre avec nous les marches du saint lieu.
Ton front a je ne sais quelle pure lumière,
Et tous les saints rangés sur le portail de pierre
Bénissent mon enfant, qui vient de prier Dieu.

                    Mᵐᵉ ANAÏS SÉGALAS.

LE RAMEAU BÉNIT.

Rameau bénit au nom du saint Fils de Marie
    En qui j'ai foi,
Rappelle-moi le jour de la Pâque fleurie
    Sacré pour moi ;

Qu'une tendre pensée à tes feuilles s'attache
    Dans mon esprit ;
Couronne le vieux cadre où la Vierge sans tache
    Prie et sourit.

Protége mon sommeil, donne-moi d'heureux songes
    Jusqu'aux instants
Où pour moi de quitter la terre et ses mensonges
    Viendra le temps.

Alors dans l'eau bénite on trempera ta feuille,
    Et chaque ami,
Rêveur, aspergera la terre qui recueille
    L'homme endormi.

Si mon départ suprême éveille quelque plainte,
    Quelques douleurs,
Si de rares chrétiens aux gouttes de l'eau sainte
    Mêlent des pleurs :

Rameau cher et sacré, parle à ces âmes sombres
    De pur amour,

Dis à ces cœurs brisés qu'ici-bas sont les ombres,
    Là-haut le jour.

Toi qui fêtas en roi, dans sa marche adorée,
    Le Dieu mortel,
Présage encor l'espoir et fête aussi l'entrée
    D'une âme au ciel.

                BLANCHEMAIN.

LA PRIÈRE POUR TOUS.

I

Ma fille, va prier. Vois, la nuit est venue,
Une planète d'or là-bas perce la nue ;
La brume des coteaux fait trembler le contour ;
A peine un char lointain glisse dans l'ombre...
                    [Écoute,
Tout rentre et se repose ; et l'arbre de la route
Secoue, au vent du soir, la poussière du jour !

Le crépuscule, ouvrant la nuit qui les recèle,
Fait jaillir chaque étoile en ardente étincelle ;
L'occident amincit sa frange de carmin ;
La nuit, de l'eau, dans l'ombre, argente la surface ;
Sillons, sentiers, buissons, tout se mêle et s'efface ;
Le passant inquiet doute de son chemin.

C'est l'heure où les enfants parlent avec les anges.
Tandis que nous courons à nos plaisirs étranges,
Tous les petits enfants, les yeux levés au ciel,
Mains jointes et pieds nus, à genoux sur la pierre,
Disant, à la même heure, une même prière,
Demandent pour nous grâce au Père universel !

Et puis ils dormiront. Alors, épars dans l'ombre,
Les rêves d'or, essaim tumultueux, sans nombre,
Qui naît aux derniers bruits du jour à son déclin,
Voyant de loin leur souffle et leurs bouches vermeilles,
Comme volent aux fleurs de joyeuses abeilles,
Viendront s'abattre en foule à leurs rideaux de lin !

O sommeil du berceau ! prière de l'enfance !
Voix qui toujours caresse et qui jamais n'offense !
Douce religion qui s'égaye et qui rit !
Prélude du concert de la nuit solennelle !
Ainsi que l'oiseau met la tête sous son aile,
L'enfant dans la prière endort son jeune esprit !

II

Ma fille, va prier ! D'abord, surtout, pour celle
Qui berça tant de nuits ta couche qui chancelle,
Pour celle qui te prit jeune âme dans le ciel,
Et qui te mit au monde, et depuis, tendre mère,

Faisant pour toi deux parts, dans cette vie amère,
Toujours a bu l'absinthe et t'a laissé le miel !
Prie ensuite pour moi ! j'en ai plus besoin qu'elle !
Elle est, ainsi que toi, bonne, simple et fidèle !
Elle a le cœur limpide et le front satisfait,
Beaucoup ont sa pitié, nul ne lui fait envie ;
Sage et douce, elle prend patiemment la vie,
Elle souffre le mal sans savoir qui le fait.

Elle ignore, à jamais ignore-les comme elle !
Ces misères du monde où notre âme se mêle,
Faux plaisirs, vanités, remords, soucis rongeurs,
Passions sur le front flottant comme une écume,
Intimes souvenirs de honte et d'amertume
Qui font monter au front de subites rougeurs !

Moi ! je sais mieux la vie, et je pourrai te dire,
Quand tu seras plus grande et qu'il faudra t'in-
                                    [struire,
Que poursuivre l'empire, et la fortune, et l'art,
C'est folie et néant ; que l'urne aléatoire
Nous jette bien souvent la honte pour la gloire,
Et que l'on perd son âme à ce jeu de hasard.

Va donc prier pour moi ! dis pour toute prière :
Seigneur, Seigneur mon Dieu, vous êtes notre père.
Grâce, vous êtes bon ! grâce, vous êtes grand !
Laisse aller ta parole où ton âme l'envoie ;

Ne t'inquiète pas, toute chose a sa voie,
Ne t'inquiète pas du chemin qu'elle prend !

Il n'est rien ici-bas qui ne trouve sa pente,
Le fleuve jusqu'aux mers dans les plaines serpente,
L'abeille sait la fleur qui recèle le miel.
Toute aile vers son but incessamment retombe ;
L'aigle vole au soleil, le vautour à la tombe,
L'hirondelle au printemps, et la prière au ciel.

Lorsque pour moi vers Dieu ta voix s'est envolée,
Je suis comme l'esclave assis dans la vallée,
Qui dépose sa charge aux bornes du chemin ;
Je me sens plus léger, car ce fardeau de peine,
De fautes et d'erreurs qu'en gémissant je traîne,
Ta prière en chantant l'emporte dans sa main.

III

Comme une aumône, enfant, donne donc ta prière
A ton père, à ta mère, aux pères de ton père ;
Donne au riche à qui Dieu refuse le bonheur,
Donne au pauvre, à la veuve, au crime, au vice
                              [immonde ;
Fais en priant le tour des misères du monde ;
Donne à tous ! donne aux morts ! enfin donne au
                              [Seigneur !

Porte-lui ta prière, et quand, à quelque flamme,
Qui d'une chaleur douce emplira ta jeune âme,
Tu verras qu'il est proche ; alors, ô mon bonheur !
O mon enfant ! sans craindre affront ni raillerie,
Verse comme autrefois Marthe, sœur de Marie,
Verse tout ton parfum sur les pieds du Seigneur !

V. Hugo. (Fragment.)

LE BONHEUR EST DANS L'INNOCENCE ET LE CALME DE LA RETRAITE.

Ah ! bien loin de la voie
Où marche le pécheur,
Chemine où Dieu t'envoie !
Enfant, garde ta joie !
Lis, garde ta blancheur !

Sois humble ! que t'importe
Le riche et le puissant ?
Un souffle les emporte.
La force la plus forte,
C'est un cœur innocent !

Bien souvent Dieu repousse
Du pied les hautes tours ;
Mais dans le nid de mousse
Où chante une voix douce
Il regarde toujours.

7

Reste à la solitude !
Reste à la pauvreté !
Vis sans inquiétude
Et ne te fais d'étude
Que de l'éternité !

. . . .

O ma fille ! âme heureuse !
O lac de pureté !
Dans la vallée ombreuse
Reste où ton Dieu te creuse
Un lit plus abrité !

Lac que le ciel parfume !
Le monde est une mer ;
Son souffle est plein de brume :
Un peu de son écume
Rendrait ton flot amer !

VICTOR HUGO.
(Fragment de la prière pour tous.)

A MON PETIT LOGIS.

Petit séjour, commode et sain,
Où des arts et du luxe en vain
On chercherait quelque merveille,
Humble asile où j'ai sous la main

Mon la Fontaine et mon Corneille,
Où je vis, m'endors et m'éveille
Sans aucuns soins du lendemain,
Sans aucun remords de la veille ;
Retraite où j'habite avec moi,
Seul, sans désirs et sans emploi,
Libre de crainte et d'espérance ;
Enfin, après trois jours d'absence,
Je viens, j'accours, je t'aperçoi.
O mon lit, ô ma maisonnette !
Chers témoins de ma paix secrète,
C'est vous ! vous voilà ! je vous voi !
Qu'avec plaisir je vous répète :
Il n'est point de petit chez soi.

DUCIS.

MON SOUHAIT.

Quand pourrai-je vivre au village ?
Quand serai-je le possesseur
D'un champêtre réduit, asile du bonheur,
Qu'un bois de cerisiers ombrage ?
Tout auprès serait un jardin
Où croîtrait la laitue, où verdirait l'oseille,
Parmi de verts festons de lavande et de thym ;
Les murs seraient couverts d'une flexible treille,

Où pendrait la grappe vermeille ;
La figue y mûrirait à côté du raisin,
Et la fraise odorante au pied de la groseille.
Bordé de noisetiers, un limpide ruisseau
   Environnerait mon empire,
   Et mes désirs, j'ose le dire,
Ne passeraient jamais le cristal de son eau.
Plus satisfait que ceux que la fortune enivre,
Et dont l'avide cœur ne saurait se borner,
   Avec peu j'aurais de quoi vivre,
   J'aurais encor de quoi donner.

JACQUEMARD.

LA FEUILLE FLÉTRIE.

Pourquoi tomber déjà, feuille jaune et flétrie ?
J'aimais ton doux aspect, dans ce triste vallon.
Un printemps, un été, furent toute ta vie ;
Et tu vas sommeiller sur le pâle gazon.

Pauvre feuille ! il n'est plus le temps où ta verdure
Ombrageait le rameau dépouillé maintenant.
Si fraîche au mois de mai ! faut-il que la froidure
Te laisse à peine encore un incertain moment !

L'hiver, saison des nuits, s'avance et décolore
Ce qui servait d'asile aux habitants des cieux ;

Tu meurs ; un vent du soir vient t'embrasser encore
Mais ses baisers glacés pour toi sont des adieux.

Mlle ÉLISE MERCŒUR.

PENDANT LA MOISSON.

Ils n'avaient ni tapis ni housse,
Mais tous fort bon appétit,
LA FONTAINE.

En juillet, par le plein soleil,
Cherchant un peu d'ombre, un lit d'herbes,
Des moissonneurs au front vermeil
S'étaient assis près de leurs gerbes.

C'était un charme de les voir
Échanger entre eux les rasades,
Et rompre gaîment leur pain noir
Et croquer les vertes salades.

Le taillis, les eaux, les grands blés,
La terre même qui poudroie,
Autour des groupes attablés,
Tout respirait plaisir et joie.

Deux musiciens passant par là,
Vagabonds d'aspect germanique,
A grands cris on les appela :
— Faites-nous donc votre musique.

Eux d'obéir. L'un, svelte et blond,
Figure étrange, mais honnête,
Fit résonner le violon,
L'autre chanter la clarinette.

Sonores échos d'outre-Rhin,
Chansons de l'errante Bohême
La cigale au bruyant refrain
Se tut, — quoiqu'artiste elle-même.

Que de voluptés à la fois
Pour la friande compagnie !
On eût dit un festin de rois
Accompagné de symphonie.

Quand le duo mélodieux
S'interrompait de courtes pauses,
Les sous pleuvaient à qui mieux mieux
Aux pieds des humbles virtuoses.

Et moi, du seuil de la maison,
Regardant la scène à distance,
Je pensais : Montaigne a raison,
« Les gueux ont leur magnificence ! »

                              J. AUTRAN.

IMAGE DE LA VIE.

Vous voyez un faible rameau
Qui, par les jeux du vague Éole,
Enlevé de quelque arbrisseau,
Quitte sa tige, tombe, vole,
Sur la surface d'un ruisseau ;
Là, par une invincible pente.
Forcé d'errer et de changer,
Il flotte au gré de l'onde errante,
Et d'un mouvement étranger ;
Souvent il paraît, il surnage ;
Souvent il est au fond des eaux ;
Il rencontre sur son passage
Tous les jours des pays nouveaux :
Tantôt un fertile rivage
Bordé de coteaux fortunés,
Tantôt un rivage sauvage,
Et des déserts abandonnés.
Parmi ces erreurs continues,
Il fuit, il vogue jusqu'au jour
Qui l'ensevelit à son tour
Au sein de ces mers inconnues
Où tout s'abîme sans retour.

LA CHARTREUSE.

LE DESSERT.

Un service élégant d'une ordonnance exacte
Doit de votre repas marquer le dernier acte ;
Au secours du dessert appelez tous les arts,
Surtout celui qui brille au quartier des Lombards.
Là, vous pourrez trouver, au gré de vos caprices,
Des sucres arrangés en galants édifices ;
Des châteaux de bonbons, des palais de biscuits,
Le Louvre, bagatelle ! et Versailles confits.

Ne démolissez point ces merveilles sucrées,
Pour le charme des yeux seulement préparées ;
Ou du moins accordez, pour jouir plus longtemps,
Quelques jours d'existence à ces doux monuments ;
Assez d'autres objets, dignes de votre hommage,
Avec moins d'appareil vous plairont davantage.
Ah ! plutôt attaquez et savourez ces fruits
Qu'un art officieux en compote a réduits.
A la grâce, à l'éclat sacrifiez encore ;
Aux trésors de Pomone ajoutez ceux de Flore ;
Que la rose, l'œillet, le lis et le jasmin
Fassent de vos desserts un aimable jardin,
Et que l'observateur de la belle nature
S'extasie en voyant des fleurs en confiture.
Vous avez satisfait à vos nombreux désirs,
Mais Bacchus vous attend pour combler vos plaisirs.

De ces vases nombreux que l'aspect m'intéresse !
Quel luxe séducteur ! quelle aimable richesse !
Vos convives déjà dans un juste embarras,
Vous adressent leurs vœux et vous tendent les bras :
Venez à leur secours; offrez-leur à la ronde
La liqueur qui nous vient des bords de la Gironde,
Le vin de Malvoisie et celui de Palma,
Le Champagne mousseux, le Christi-Lacryma ;
Le Chypre, l'Albano, le Clairet, le Constance...
Choisissez-les toujours au lieu de leur naissance.
N'allez pas rechercher aux faubourgs de Paris
Du vin de Rivesalte ou de Côte-Perdrix ;
Et ne vous fiez pas à l'art des empiriques
Qui chargent vos boissons de mélanges chimiques ;
Donnez-vous en buvant les airs d'un connaisseur;
Dites que ce Bordeaux aurait plus de saveur
S'il avait visité quelques plages lointaines ;
Et que ce Malaga, qui coule dans vos veines,
Usé par la vieillesse, a perdu sa vertu,
Qu'il serait sans égal s'il avait moins vécu.

BERCHOUX.

FRAGMENT.

Quand on est plein de jours, gaîment on les prodigue ;
Leur flot bruyant s'épanche au hasard et sans digue ;

C'est une source vive et faite pour courir,
Et qu'aucune chaleur ne doit jamais tarir.
Pourtant la chaleur vient et l'eau coule plus rare,
La source baisse, alors le prodigue est avare ;
Incliné vers ses jours comme vers un miroir,
Dans leur onde limpide il cherche à se revoir ;
Mais en tombant déjà les feuilles l'ont voilée
Et l'œil n'y peut saisir qu'une image troublée.

BRIZEUX.

ADIEUX A UN RUISSEAU.

Charmant ruisseau, vous fuyez cet ombrage
Et ce vallon protégé par les cieux,
Comme si l'on pouvait être ailleurs plus heureux.
Vous avez tort de quitter ce bocage
Et ces bords paisibles et purs.
Imprudent, vous courez aux cités d'où j'arrive !..
Ah ! pendant vos succès futurs,
Vous regretterez cette rive,
Et vos rochers déserts et vos antres obscurs :
Sans retour, onde fugitive,
On vous voit renoncer à des charmes si doux !...
Je ne ferai pas comme vous.

Comte ANATOLE DE MONTESQUIOU.

LE PETIT FRÈRE.

De ma sainte patrie
J'accours vous rassurer ;
Sur ma tombe fleurie,
Mes sœurs, pourquoi pleurer ?
Dans son affreux mystère
La mort a des douceurs :
Je vous vois sur la terre,
Ne pleurez point mes sœurs.

Dans les cieux je suis ange,
Et je veille sur vous ;
Ma joie est sans mélange
Car je suis humble et doux.
Des saintes immortelles
Je suis le protégé,
Dieu m'a donné des ailes,
Mais ne m'a point changé.

Ma souffrance est passée,
Et mes pleurs sont taris ;
Ma main n'est plus glacée,
Je joue et je souris.
Mon régard est le même
Et j'ai la même voix,
Mon cœur d'ange vous aime,
Mes sœurs, comme autrefois.

J'ai la même figure
Qui charmait tant vos yeux ;
La même chevelure
Orne mon front joyeux ;
Mais ces boucles coupées
Au jour de mon trépas,
De vos larmes trempées,
Ne repousseront pas !

Le ciel est ma demeure,
J'habite un palais d'or ;
Nous puisons à toute heure
Dans l'éternel trésor.
Un fil impérissable
A tissé nos habits ;
Nous jouons sur un sable
D'opale et de rubis.

Là-haut, dans des corbeilles,
Les fleurs croissent sans art ;
Les méchantes abeilles
Là-haut n'ont point de dard.
Les roses qu'on effeuille
Peuvent encor fleurir ;
Et les fruits que l'on cueille
Ne font jamais mourir.

Les anges de mon âge

Connaissent le sommeil ;
Je dors sur un nuage
Dans un berceau vermeil ;
J'ai pour rideau le voile
De la mère d'amour,
Ma lampe est une étoile
Qui brille jusqu'au jour.

Le soir, quand la nuit tombe,
Parmi vous je descends ;
Vous pleurez sur ma tombe,
Vos larmes, je les sens ;
Caché parmi les pierres
De ce funeste lieu,
J'écoute vos prières,
Et je les porte à Dieu.

Oh ! cessez votre plainte.
Ma mère, croyez-moi,
Vous serez une sainte
Si vous gardez la foi.
C'est un mal salutaire
Que perdre un nouveau-né ;
Aux larmes d'une mère
Tout sera pardonné.

Mme ÉMILE DE GIRARDIN

L'Enfant.

Lorsque l'enfant paraît, le cercle de famille
Applaudit à grands cris; son doux regard qui brille
    Fait briller tous les yeux;
. Et les plus tristes fronts, les plus souillés peut-être,
Se dérident souvent à voir l'enfant paraître
    Innocent et joyeux.

Soit que juin ait verdi mon seuil, ou que novembre
Fasse autour d'un grand feu, vacillant dans la cham-
    Les chaises se toucher,   [bre,
Quand l'enfant vient, la joie arrive et nous éclaire,
On rit, on se récrie, on l'appelle, et sa mère
    Tremble à le voir marcher.

Quelquefois nous parlons, en remuant la flamme,
De la patrie, de Dieu, des poëtes, de l'âme
    Qui s'élève en priant;
L'enfant paraît... adieu le ciel et la patrie,
Et les poëtes saints! La grave causerie
    S'arrête en souriant.

La nuit, quand l'homme dort, quand l'esprit rêve,
              [à l'heure
Où l'on entend gémir, comme une voix qui pleure,
    L'onde entre les roseaux,
Si l'aube tout à coup là-bas luit comme un phare,
Sa clarté dans les champs éveille une fanfare
    De cloches et d'oiseaux!

Enfant, vous êtes l'aube, et mon âme est la plaine
Qui des plus douces fleurs embaume son haleine
     Quand vous la respirez;
Mon âme est la forêt dont les sombres ramures
S'emplissent pour vous seul de suaves murmures
     Et de rayons dorés!

Car vos beaux yeux sont pleins de douceurs infinies;
Car vos petites mains, joyeuses et bénies,
     N'ont point fait mal encor;
Jamais vos jeunes pas n'ont touché notre fange;
Tête sacrée! Enfant aux cheveux blonds, bel ange
     A l'auréole d'or!

Vous êtes parmi nous la colombe de l'arche, [marche;
Vos pieds tendres et purs n'ont point l'âge où l'on
     Vos ailes sont d'azur.
Sans le comprendre encor, vous regardez le monde,
Double virginité! corps où rien n'est immonde.
     Ame où rien n'est impur!

Il est si beau, l'enfant, avec son doux sourire,
Sa douce bonne foi, sa voix qui veut tout dire,
     Ses pleurs vite apaisés,
Laissant errer sa vue étonnée et ravie,
Offrant de toutes parts sa jeune âme à la vie
     Et sa bouche aux baisers!

Seigneur! préservez-moi, préservez ceux que j'aime,

Frères, parents, amis, et mes ennemis même
    Dans le mal triomphants,
Déjamais voir, Seigneur ! l'été sans fleurs vermeilles,
La cage sans oiseaux, la ruche sans abeilles,
    La maison sans enfants !

VICTOR HUGO.

LES CHATEAUX EN ESPAGNE.

On peut bien quelquefois se flatter dans la vie.
J'ai, par exemple, hier, mis à la loterie ;
Et mon billet enfin pourrait bien être bon.
Je conviens que cela n'est pas certain : Oh ! non.
Mais la chose est possible, et cela doit suffire.
Puis, en me le donnant on s'est mis à sourire,
Et l'on m'a dit : « Prenez, car c'est là le meilleur... »
Si je gagnais pourtant le gros lot ! Quel bonheur !
J'achèterais d'abord une ample seigneurie...
Non, plutôt une bonne et grasse métairie,
Oh ! oui ! dans ce canton ; j'aime ce pays-ci :
A ma femme, d'ailleurs, il plaît beaucoup aussi.
J'aurai donc à mon tour des gens à mon service !
Dans le commandement je serai peu novice :
Mais je ne serai point dur, insolent, ni fier,
Et me rappellerai ce que j'étais hier.
Ma foi, j'aime déjà ma ferme à la folie.

Moi, gros fermier !... J'aurai ma basse-cour remplie
De poules, de poussins que je verrai courir !
De mes mains, chaque jour, je prétends les nourrir,
C'est un coup d'œil charmant, et puis cela rapporte.
Quel plaisir, quand, le soir, assis devant ma porte,
J'entendrai le retour de mes moutons bêlants ;
Quand je verrai, de loin, revenir à pas lents,
Mes chevaux vigoureux et mes belles génisses !
Ils sont nos serviteurs, elles sont nos nourrices.
Et mon petit Victor, sur mon âne monté,
Fermant la marche avec un air de dignité !
Plus heureux que monsieur... le Grand Turc sur son
Je serai riche, riche, et je ferai l'aumône.   [trône,
Tout bas sur mon passage, on se dira : « Voilà
« Ce bon monsieur Victor ; » cela me touchera.
Je puis bien m'abuser ; mais ce n'est pas sans cause :
Mon projet est au moins fondé sur quelque chose,
Sur un billet. Je veux revoir ce cher... Eh ! mais...
Où donc est-il ? tantôt encore je l'avais.
Depuis quand ce billet est-il donc invisible ?
Ah ! l'aurais-je perdu ? serait-il bien possible ?
Mon malheur est certain : me voilà confondu.
Que vais-je devenir ? hélas ! j'ai tout perdu.

COLLIN D'HARLEVILLE.

LE DISPUTEUR.

Auriez-vous, par hasard, connu feu monsieur d'Aube,
Qu'une ardeur de dispute éveillait avant l'aube ?
Contiez-vous un combat de votre régiment,
Il savait mieux que vous, où, contre qui, comment.
Vous seul en auriez eu toute la renommée,
N'importe, il vous citait ses lettres de l'armée ;
Et Richelieu présent, il aurait raconté
Ou Gênes défendue, ou Mahon emporté.
D'ailleurs, homme de sens, d'esprit et de mérite ;
Mais son meilleur ami redoutait sa visite.
L'un, bientôt rebuté d'une vaine clameur,
Gardait, en l'écoutant, un silence d'humeur.
J'en ai vu, dans le feu d'une dispute aigrie,
Près de l'injurier, le quitter de furie ;
Et, rejetant la porte à son double battant,
Ouvrir à leur colère un champ libre en sortant.
Ses neveux, qu'à sa suite attachait l'espérance,
Avaient vu dérouter toute leur complaisance...
Un voisin asthmatique, en l'embrassant un soir,
Lui dit : « Mon médecin me défend de vous voir. »
Et, parmi cent vertus, cette unique faiblesse
Dans un triste abandon réduisit sa vieillesse.
Au sortir d'un sermon la fièvre le saisit,
Las d'avoir écouté sans avoir contredit.
Et, tout près d'expirer, gardant son caractère,

Il faisait disputer le prêtre et le notaire,
Que la bonté divine, arbitre de son sort,
Lui donne le repos que nous rendit sa mort,
Si du moins il s'est tû devant ce grand arbitre!

RULHIÈRE.

LE NID.

De ce buisson de fleurs approchons-nous ensemble.
Vois-tu ce nid posé sur la branche qui tremble?
Pour le couvrir vois-tu ces rameaux se ployer?
Les petits sont cachés dans leur couche de mousse;
Ils sont tous endormis... Oh! viens, ta voix est douce,
   Ne crains pas de les effrayer.

De ses ailes encor la mère les recouvre,
Son œil appesanti se referme et s'entr'ouvre,
Et son amour longtemps lutte avec le sommeil;
Elle s'endort enfin... Vois comme elle repose!
Elle n'a rien pourtant qu'un lit sous une rose
   Et sa part de notre soleil.

Vois, il n'est point de vide en son étroit asile;
A peine s'il contient sa famille tranquille;
Mais là, le jour est pur et le sommeil est doux;
C'est assez! Elle n'est ici que passagère,
Chacun de ses petits peut réchauffer son frère,
   Et son aile les couvre tous.

ÉMILE SOUVESTRE.

LE LOISIR.

Loisir, où donc es-tu ? le matin je t'implore ;
Le jour, ton charme absent me trouble et me dévore,
    Le soir vient, tu n'es pas venu ;
La nuit, j'espère enfin veiller à ta lumière ;
Mais déjà le sommeil a fermé ma paupière
    Avant que mes yeux t'aient connu...

Loisir, entends mes vœux : sur le lac de la vie
Errant depuis un jour et, déjà poursuivie
    Des flots et des vents courroucés,
Au milieu des écueils, sans timon, sans étoiles,
Ma nef m'emporte et fuit ; j'entends crier mes voiles,
    Et mes jeunes bras sont lassés,

Mais si tes yeux d'en haut s'abaissaient sur ma tête,
A ton regard serein céderait la tempête,
    Et je verrais le ciel s'ouvrir ;
Les vents m'apporteraient une fraîcheur nouvelle,
Et la vague apaisée, autour de ma nacelle,
    En la berçant viendrait mourir.

Mais le Loisir a fui, tandis que je l'appelle,
Comme au cri du chasseur l'alouette rebelle,
    Comme une onde qu'on veut saisir ;
Le temps s'est réveillé ; ma tâche recommence,
Adieu, besoin du cœur, solitude, silence ;
    Adieu, Loisir ; adieu, Loisir.   SAINTE-BEUVE.

LE MÉLROSE.

Dans la nuit embaumée, au pied d'un haut melrose,
Reposait un enfant sur sa couche de rose :
Sa mère, près de lui, chantait un air si doux
Qu'on l'aurait cru bercé par un ange à genoux.

« Dors, mon fils, que toujours ces rameaux, heureux
                                             [voiles,
« Sans dérober ton front aux baisers des étoiles,
« Te protégent : bercé par ces flots murmurants,
« Que ta vie ait encor des flots plus transparents !
« Que chacun de tes jours, harmonieuse fête,
« Ressemble au nid d'oiseau qui chante sur ta tête;
« Et ne connaisse pas l'orage des douleurs,
« Qui s'élève sur nous après le mois des fleurs !
« Comme l'enfant Jésus rayonne sur sa mère,
« D'un souris de mon fils tout mon être s'éclaire;
« C'est mon astre, mon ciel, mon ange le plus beau,
« L'horizon de ma vie est autour d'un berceau.
« Dors, mon petit enfant; l'arbre qui t'environne
« Ouvre toutes ses fleurs dans l'air pour ta couronne;
« L'aurore a des rayons plus doux que ceux du soir.
« Dors; tes yeux bleus demain s'ouvriront pour me
                                             [voir;
« Demain viendra le jour; mais mon âme en prière,

« Dans ton regard aimé cherchera la lumière
« Silence, flots légers; oiseaux, chantez plus bas :
« J'écoute mon enfant qui ne me parle pas. »

Mme D'ALTENHEIM-SOUMET.

A MON ENFANT.

Mon bel enfant, te voilà blanc et rose,
Né dans ce monde et couché sur mon sein,
Fleur d'aujourd'hui, toute fraîche et mi-close,
Mise par Dieu sur le large chemin.
Tes yeux chéris, innocents de lumière,
N'ont pas encore dans les miens pu jaillir :
A Dieu déjà j'adresse une prière :
Pour voir tes yeux, je demande à vieillir.

Toi, mon Jésus, si mignon et si frêle,
Qu'avec le souffle on n'ose te toucher;
Un faible oiseau du frôle de son aile
Comme un épi peut te faire pencher.
Qu'une caresse ou te presse ou t'effleure,
Ton front rosé semble aussitôt pâlir.
Je te regarde, et puis mon âme pleure ;
Pour t'embrasser je demande à vieillir.

Si tu savais combien je compte l'heure !
Car pour toi l'heure est tout un jour pour nous :

Déjà dans toi je me berce et me leurre,

. . . .

Dans tous les noms que je voudrais t'apprendre,
Il en est un qui me fait tressaillir :
Celui de mère, oh! oui, oui! pour l'entendre,
Pour l'écouter, je demande à vieillir.

Mme HERMANCE LESGUILLON.

MA MÈRE.

Aux doux rayons du jour quand s'ouvrit ma paupière,
Quand des cieux inconnus j'entrevis la lumière,
Quel ange bienfaisant me serra dans ses bras?
Ma mère !
Quel guide protecteur soutint mes premiers pas?
Ma mère !

Un jour la Mort auprès de mon berceau,
Terrible vint s'asseoir. Une main tutélaire
Écarta le fantôme et ferma le tombeau;
Et ce fut la main de ma mère !
Pendant les longues nuits, endormant mon effroi,
Qui charma mes douleurs et veilla près de moi?
Toujours ma mère!

Toujours ma mère! toujours toi!
Tu conservas ma vie à peine commencée;

Tu me le conservas ce fragile trésor !
Ce présent du Très-Haut que j'ignorais encor,
    Tu fis éclore ma pensée.

Un jour le malheur vint, je n'avais pas quinze ans,
Son joug de fer pesa sur mes membres tremblants.
Il me dit : « Sois à moi ! Viens ! je serai ton maître !
« Marche sous ce fardeau ! soutiens-le sans gémir !
« Accepte le présent pour dompter l'avenir !
« Ton âme, sous ma loi, s'agrandira peut-être ! »
Je me sentais bien faible et j'allais succomber.
    Quelle voix consolante et chère
Dans ces âpres sentiers m'empêcha de tomber ?
      Ta voix, ma mère !

« Sois grand, sois fort, sois bon ! » disait-elle toujours,
    Et mon cœur reprenait courage ;
Et mon frêle radeau, toujours près du naufrage,
    Retrouvait un paisible cours.

J'ai vécu, j'ai souffert. Que d'amitiés perdues !
Que de plaisirs trompeurs, d'idoles abattues !
    Que d'espoirs suivis de regrets !
. . . .
Que nos secrets pensers alors deviennent sombres !
Notre passé lugubre est jonché de décombres !
Amers ressouvenirs, fantômes disparus,
Illusions qu'on aime et qu'on ne trouve plus !

Avec quel désespoir notre âme vous contemple !
Elle trouve un désert, elle cherchait un temple !

Quel est le souvenir pur, magique, adoré,
Ineffable symbole et talisman sacré
        Qui plane sur tant de ruines ;
Qui couvre l'avenir de ses lueurs divines
        Et qui console du passé ?
        Quel est-il ce mot tutélaire,
Et qui jamais du cœur ne peut être effacé ?
        Ma mère ! ma mère !

                            PHILARÈTE CHASLES.

LE VIEILLARD.

I

Mai ramène les fleurs et les tièdes haleines,
L'ombre fraîche des bois, la verdure des plaines,
        Et l'azur sans tache du ciel ;
Le voyageur se livre aux courses vagabondes ;
Le marchand se confie aux caprices des ondes ;
        L'abeille travaille à son miel.

Tout renaît, tout sourit. La gentille hirondelle
Vers nos climats plus doux revient à tire d'aile ;
        Le rossignol dit ses chansons ;
Et sur les bords des prés on voit, la nuit venue,

Briller comme des yeux qui contemplent la nue,
   Les vers luisants dans les buissons.

Une harmonie exquise enivre la nature,
Un parfum se répand dans l'air, et le sature
   De chaudes et vives senteurs,
La campagne nouvelle étale ses merveilles
Et le poëte y prend, pour ses futures veilles
   Des aliments inspirateurs.

Partout est le bonheur, et partout l'espérance.
Oubliant, au soleil, l'hiver et la souffrance,
   Le pauvre même est en gaîté;
La nature aussitôt redevient son domaine;
Il a chaud, il respire, il chante, il se promène :
   Il est riche... Voici l'été !

II

Voyez marcher là-bas ce vieillard triste et morne :
Son palais tout de marbre et son beau parc sans
   Ressemblent presque au paradis.   [borne
C'est un millionnaire enrichi dans la banque.
Il s'avance à pas lents, et la force lui manque
   Aussitôt qu'il en fait dix.

Ses regards sont toujours abaissés vers la terre;
Il ne remarque pas les fleurs de son parterre,
   Ni les grandeurs de l'horizon;

Ni les dômes feuillus de ses vertes allées ;
Ni des oiseaux bavards les fuyantes volées...
    Son corps tient son âme en prison.

Il n'entend pas le chant du ramier qui roucoule,
Ni le bruit du ruisseau qui devant ses pieds coule,
    A travers son parc voyageant ;
Il ne voit pas l'éclat du soleil qui rayonne,
Ni la colline en fleurs, que l'aubépin couronne
    D'un long diadème d'argent.

Il est aveugle et sourd ; il touche à l'agonie.
Toutes ces nouveautés ne sont qu'une ironie
    Pour lui qui souffre et va mourir.
Il a quatre-vingts ans ; sa tombe est entr'ouverte :
Voilà, voilà le mal qui causera sa perte,
    Et dont nul ne peut le guérir !

Pauvre riche, ô mon Dieu ! lorsque l'âge l'assiége,
Il sait que ses cheveux ont conservé leur neige,
    Si les champs sont devenus verts ;
Que son cœur reste froid si la terre s'enflamme ;
Que les jours les plus beaux sont des nuits pour son
    Toutes les saisons des hivers !   [âme,

III

Heureux s'il a gardé du moins une croyance :
Si nul remords ne vient ronger sa conscience,

Si son cœur n'a pas trop de fiel !
Car la religion, par un divin mystère,
Apprend au vrai chrétien que le vieillard sur terre
Est un jeune élu pour le ciel !

Augustin Challamel.

DEUXIÈME PARTIE.

Fables, Contes, Ballades et Dialogues.

LA VANITÉ DÉMASQUÉE.

La sotte Vanité qui par le monde court,
Dans les plis d'un manteau se cachait en partie.
« Il est fort bien drapé, lui dit la Modestie,
    Mais trop court! »

MOLLEVAUT.

LE CHIEN ET LE CHAT.

Pataud jouait avec Raton;   [frère.
Mais sans grender, sans mordre, en camarade, en
Les chiens sont bonnes gens, mais les chats, nous
    Sont justement tout le contraire.   [dit-on,
    Aussi, bien qu'il jurât toujours
    D'avoir fait patte de velours,
Raton, et ce n'est pas une histoire apocryphe,
Dans la peau d'un ami, comme fait maint plaisant,
    Enfonçait, tout en s'amusant,

8.

Tantôt la dent, tantôt la griffe.
Pareil jeu de cesser bientôt :
« Eh quoi! Pataud, tu fais la mine?
Ne sais-tu pas qu'il est d'un sot
De se fâcher quand on badine.
Ne suis-je pas ton bon ami ?   [ligne,
— Prends un nom qui convienne à ton humeur ma-
Raton, ne sois rien à demi.
J'aime mieux un franc ennemi
Qu'un bon ami qui m'égratigne. »

                              ARNAULT.

LE COLIMAÇON.

Sans ami, comme sans famille,
Ici-bas vivre en étranger;
Se retirer dans sa coquille
Au signal du moindre danger;
S'aimer d'une amitié sans bornes;
De soi seul emplir la maison;
En sortir, suivant la saison,
Pour faire à son prochain les cornes;
Signaler ses pas destructeurs
Par les traces les plus impures;
Outrager les plus belles fleurs
Par ses baisers ou ses morsures;
Enfin, chez soi, comme en prison,

Vieillir de jour en jour plus triste;
C'est l'histoire de l'égoïste
Et celle du colimaçon.

ARNAULT.

LA MONTRE ET LE CADRAN SOLAIRE.

Un jour la montre au cadran insultait,
  Demandant quelle heure il était.
  Je n'en sais rien, dit le greffier solaire.
—Eh! que fais-tu là-bas, si tu n'en sais pas plus?
— J'attends, répondit-il, que le soleil m'éclaire;
  Je ne sais rien que par Phébus.
  — Attends-le donc, moi je n'en ai que faire,
Dit la montre; sans lui je vais toujours mon train.
  Tous les huit jours un tour de main,
C'est autant qu'il m'en faut pour toute ma semaine.
Je chemine sans cesse, et ce n'est point en vain
  Que mon aiguille en ce rond se promène.
Écoute : voilà l'heure; elle sonne à l'instant.
Une, deux, trois et quatre. Il en est tout autant,
Dit-elle. Mais, tandis que la montre décide,
    Phébus, de ses ardents regards
    Chassant nuages et brouillards,
Regarde le cadran, qui, fidèle à son guide,
    Marque quatre heures et trois quarts.

Mon enfant, dit-il à l'horloge,
Va-t-en te faire remonter.
Tu te vantes sans hésiter
De répondre à qui t'interroge;
  Mais qui t'en croit peut bien se mécompter.
Je te conseillerais de suivre mon usage :
Si je ne vois pas clair, je dis : Je n'en sais rien.
  Je parle peu, mais je dis bien;
  C'est le caractère du sage.

LAMOTTE.

LE FROMAGE.

Deux chats avaient pris un fromage;
Et tous deux à l'aubaine avaient un droit égal.
  Dispute entre eux pour le partage;
Beaucoup de gourmandise et peu de conscience,
Témoin leur propre fait, le fromage volé.
  Ils veulent donc qu'à l'audience
Dame justice entre eux vide le démêlé.
Un singe, maître clerc du bailli du village,
  Et que pour lui-même on prenait,
Quand il mettait parfois sa robe et son bonnet,
Parut à nos deux chats tout un aréopage.
Par-devant dom Bertrand le fromage est porté;
  Bertrand s'assied, prend la balance,

Tousse, crache, impose silence,
Fait deux parts avec gravité,
En charge les bassins; puis cherchant l'équilibre
Pesons, dit-il, d'un esprit libre,
D'une main circonspecte; et vive l'équité!
Çà, celle-ci déjà me paraît trop pesante;
Il en mange un morceau. L'autre il pèse à son tour;
Nouveau morceau mangé par raison du plus lourd;
Un des bassins n'a plus qu'une légère pente.
Bon! nous voilà contents, donnez, disent les chats.
Si vous êtes contents, justice ne l'est pas,
Leur dit Bertrand; race ignorante,
Croyez-vous donc qu'on se contente
De passer comme vous les choses au gros sas?
Et ce disant, monseigneur se tourmente
A manger toujours l'excédant;
Par équité toujours donne son coup de dent.
De scrupule en scrupule avançait le fromage.
Nos plaideurs enfin las des frais,
Veulent le reste sans partage.
Tout beau, leur dit Bertrand : soyez hors de procès;
Mais le reste, messieurs, m'appartient comme épice;
A nous aussi nous nous devons justice.
Allez en paix et rendez grâce aux dieux.

Le bailli n'eût pas jugé mieux.

LAMOTTE.

LA GOUTTE D'EAU.

Dans la crise d'une tourmente
  Qui bouleversait l'Océan,
Tout à coup enlevée à la vague écumante,
  Parmi la foudre et l'ouragan,
  Une goutte de l'onde amère
  Rejaillit sur un roc voisin.
  D'ici je vais voir tout le train,
Dit-elle; qu'il est doux de vivre solitaire!
N'existons que pour nous, et respirons enfin,
Sans dépendre toujours de quelque flot mutin.
  Des éléments j'observerai la guerre;
    Et l'Océan aura beau faire,
    Il ne m'aura plus dans son sein.
Le dieu du jour alors s'échappe de la nue,
    Et sur le roc voilà soudain
    Ma raisonneuse disparue :
Mêlée avec les flots, elle suivait leur cours,
    Des vents affrontait la furie,
Et dans les vastes mers eût roulé pour toujours;
  Seule un instant, elle est tarie.

DORAT.

LE JEUNE AIGLON.

O mon père, attendons! je vois venir l'orage;
Entends mugir au loin le sinistre aquilon;
    Regarde ce sombre nuage,
Comme un linceul épais il couvre le vallon :
Voudrais-tu m'exposer dès mon premier voyage?
    Ainsi parlait un jeune aiglon
    En quittant l'aile maternelle
    Pour s'élancer vers la voûte éternelle.
    Mon enfant, bannis ton effroi,
    Lui répond aussitôt son père;
Que peux-tu redouter? n'es-tu pas près de moi,
Et n'ai-je pas pour toi tout l'amour de ta mère?
    Mais il faut subir son destin :
Le tien est d'habiter au milieu des tempêtes,
Je veux qu'à les braver, jeune encor, tu t'apprêtes;
Les cieux sont ta patrie, apprends-en le chemin:
Me suivre sans orgueil, et m'obéir sans crainte,
    Désormais voilà ton devoir.
    — Je le sais bien; mais ce ciel est si noir,
Poursuit l'aiglon; et puis cette contrainte
M'anéantit; je ne saurais bouger.
    — Suis-moi, mon fils, affronte le danger!
Ce n'est qu'ainsi qu'on arrive à la gloire!
— Mais ce nuage épais? — Nous le traverserons!
— Mais la foudre et l'éclair? — Nous les mépriserons!

Le bonheur est là-haut, enfant, tu peux m'en croire.
   Vois, déjà le ciel est plus pur;
  Cet ouragan qui grondait sur ta tête,
Le voilà sous tes pieds; ici plus de tempête!
— Mais qui remplacera notre abri doux et sûr?
Murmure encor l'aiglon.—Va, ma réponse est prête;
A force de monter nous trouverons l'azur!

Tu n'es qu'un faible enfant, moi qu'un mortel obscur;
N'importe: à toi, mon fils, cette fable s'adresse.
L'oiseau pour son petit était plein de tendresse,
   Pour toi je suis rempli d'amour;
   Eh bien! s'il arrive qu'un jour,
Sur ta tête chérie une tempête gronde;
De l'aigle ose imiter le vol audacieux,
Et, loin de t'étourdir dans le vain bruit du monde,
Console ta pensée en t'élevant aux cieux!

            Le marquis DE FOUDRAS.

LA LANTERNE ET LA CHANDELLE.

Une chandelle un jour disait à la lanterne:
— Pourquoi de ton foyer me faire une prison?
Ton vilain œil-de-bœuf rend ma lumière terne:
Ouvre-toi; qu'à mon gré j'éclaire l'horizon. —
La lanterne obéit: l'autre qu'y gagne-t-elle?
Bonsoir; un coup de vent a soufflé la chandelle.

            LE BAILLY.

LE NID D'HIRONDELLES.

Possesseur d'un nid d'hirondelles,
 Un enfant gâté
Veut leur donner la liberté ;
Et les pauvres petits ont à peine des ailes.
« Soyez libres, dit-il, tout l'est dans l'univers. »
 Et la nichée est dans les airs.
Chaque oisillon, enchanté de lui-même,
 Encouragé par un premier essor,
En essaie un second, et, reprenant encor,
 Fait, hélas ! naufrage au troisième.
L'un s'écrase en tombant, un autre meurt de faim,
 L'autre est croqué par le chat du voisin ;
 Tant qu'à la fin, de la couvée
 Aucune tête n'est sauvée.

Laissons faire le temps, tout arrive à son point.
 L'à-propos est une science
 Que les hommes n'entendent point.
On perd son avenir par trop d'impatience.
Sur un pareil sujet, je crains de trop parler ;
Un mot en dira plus que cent mille volumes :
 Les oiseaux sont faits pour voler,
 Mais attendez qu'ils aient des plumes.
      VIENNET.

9

La Poule et la Fermière.

(Fable.)

Par la maîtresse, un beau matin,
Certaine poule, du jardin
Se vit honteusement chassée.
De ce sensible affront, Cocote courroucée
Jura de s'en venger. Quand? dès le lendemain.
En effet, lorsqu'elle eut, au lever de l'aurore,
Déposé son œuf en son nid,
La vindicative pécore
Vite le casse, et s'en nourrit.
Même chose dix jours de suite.
La maîtresse à la fin s'irrite :
« Puisque vous refusez de payer votre écot,
Dit-elle en la prenant, retenez bien ce mot :
Poule qui ne pond pas ne doit plus manger d'orge. »
A ces mots lui mettant le couteau sous la gorge,
On l'envoya bouillir au pot.

Ceci nous fait voir l'imprudence
De ceux qu'aveugle la fureur ;
Et c'est ainsi que la vengeance
Tombe souvent sur son auteur.

PANARD.

LA NOUVEAUTÉ

Au bourg où règne la Folie,
Un jour la Nouveauté parut ;
Aussitôt chacun accourut,
Chacun disait : « Qu'elle est jolie !

Ah ! madame la Nouveauté,
Demeurez dans notre patrie ;
Plus que l'esprit et la béauté
Vous y serez toujours chérie. »

Lors, la déesse à tous ces fous
Répondit : « Messieurs, j'y demeure. »
Et leur donna le rendez-vous
Le lendemain à la même heure.

Le lendemain elle parut
Aussi brillante que la veille ;
Le premier qui la reconnut
S'écria : « Dieux ! comme elle est vieille ! »

HOFFMANN.

LE TRÔNE DE NEIGE.

Qui n'aime à voir folâtrer des enfants ?
Nous le fûmes aussi. C'est une jouissance

De pouvoir quelquefois se rappeler ce temps
Si regretté toujours, bien qu'il ait ses tourments.
  Un rien suffit pour amuser l'enfance,
  Mais dans ses jeux, plus qu'on ne pense,
S'introduisent déjà les passions des grands.
    Un jour, échappés du collége,
    Des écoliers d'onze à douze ans
    Aperçurent un tas de neige...
  Le plus âgé qu'on avait nommé roi,
Dit que de son pouvoir il en faisait le siége,
    Le trône enfin ; et le cortége
    Donne à ce vœu force de loi.
    Le trône était froid comme glace ;
    N'importe, avec plaisir s'y place
    Cette éphémère Majesté.
Peut-on impunément avoir l'autorité ?
    Chez notre prince l'insolence
    Surpasse encor la dureté.
Des malheureux sujets, la moindre négligence
    Est réprimée avec sévérité ;
De Tarquin le Superbe, il avait l'arrogance,
Et de Néron plus tard, selon toute apparence,
    Il aurait eu la cruauté.
    Pourtant le soleil le dérange :
Le trône qui se fond d'une manière étrange,
    Avant la fin du jour s'abat...
    Bientôt l'orgueilleux potentat

Se voit au milieu de la fange.

Profitez de cette leçon,
Vous que la fortune protége,
Vous êtes sur un tas de neige...
Du soleil gare le rayon!

DE STASSART.

LA FONTAINE ET LE SAULE.

Au pied d'une colline aride,
Une fontaine jaillissait,
Et de temps en temps remplissait
Un frais bassin creusé par son onde limpide.
Rarement elle suffisait
Pour former un ruisseau qui baignât la vallée,
Car le soleil la tarissait,
Et nulle ombre, nulle feuillée
Des feux brûlants du jour ne la garantissait.
Dans le temps qu'elle gémissait,
Voilà qu'un jeune saule, enfant de la nature,
Non loin d'elle dépérissait;
Abaissant sa pâle verdure
Que nulle eau ne rafraîchissait.
La fontaine compatissante
Elle-même s'oublie en le voyant souffrir,
Et, pour aller le secourir,

Elle fait un effort, et détourne sa pente.
Tout alentour du tronc déjà mort à moitié,
    Bientôt le doux ruisseau serpente.
Il baigne la racine, il humecte le pied;
Il renouvelle enfin la séve nourrissante
Qui monte, qui circule en maint vaisseau caché,
Et reporte la vie à la tige mourante
    Du pauvre saule desséché.
Soudain il reverdit, il étend son feuillage,
Il se penche non plus par défaut de vigueur,
    Mais pour couvrir de son ombrage
    La fontaine, sa tendre sœur,
    Sa bienfaitrice, son amie,
    Celle qui lui rendit la vie
Et dont enfin il peut être le protecteur.
    A son tour il veille sur elle :
Son ombre de la source entretient la fraîcheur.
S'échappant du bassin, l'onde à grands flots ruisselle
    Et va courir dans le vallon,
    Parmi les fleurs et le gazon
    Qu'il embellit et renouvelle.
C'est ainsi qu'il se faut l'un l'autre secourir.
    La bienveillance mutuelle
Est pour nous tout profit comme elle est tout plaisir.

LAURENT DE JUSSIEU.

LE DOGUE.

Un gros dogue passait : un lourdaud le rencontre;
    Aussitôt il lui montre
Une pierre, et lui dit : « Apporte! ou de ma main
    « Tu seras sanglé d'importance. »
Le chien ne s'émeut pas de cette impertinence;
Il fait la sourde oreille et poursuit son chemin.
Mais un petit enfant lui fait signe; il s'arrête.
L'enfant cueille une rose et joyeux la lui jette.
    Le dogue avec rapidité
      S'élance,
Et sans peine il accorde à l'amabilité
    Ce qu'il refuse à l'insolence.

LACHAMBEAUDIE.

LA CIGALE, LA FOURMI ET LA COLOMBE.

« Eh bien! dansez maintenant! »
A dit la fourmi cruelle.
La colombe survenant,
« Pour la cigale, dit-elle,
J'ai des graines à son choix.
Si la pauvre créature
Ne reçut de la nature
Pour tout trésor que sa voix,

Dè faim faut-il qu'elle meure?
Vous travaillez à toute heure,
Elle chante les moissons :
Ainsi tous nous remplissons
La loi que Dieu nous impose. »
L'oiseau, sans dire autre chose,
A tire-d'aile aussitôt
Part, et rapporte bientôt
Force grains dont la cigale
A son aise se régale.

O fourmi, ta dureté
A l'égoïste peut plaire ;
Colombe, moi, je préfère
Ta tendre simplicité.

LE MÊME.

LA ROBE DE L'INNOCENCE.

Ayant perdu sa robe, on dit que l'Innocence
En vain pour la chercher courut chez le Plaisir,
   Chez la Fortune et la Puissance :
Qui la lui rapporta ? — Ce fut le Repentir.

LE MÊME.

L'Escargot et la Chenille.

Par habitude, par système,
O vous qui courtisez ou repoussez autrui
Pour son habit, non pour lui-même,
C'est à vous que j'adresse une fable aujourd'hui.

Jadis vers l'escargot se glissa la chenille.
« Bonjour, dit-elle, mon voisin,
Ou plutôt mon cousin, [mille !
Car tous deux nous rampons. »— « Moi, de votre fa-
Reprend maître escargot ; vraiment, vous radotez.
Fi ! la vilaine créature !
Je ne vous connais pas, vieille folle ; partez ! »
Et la chenille part sans relever l'injure.
A quelque temps de là, sur le gazon fleuri,
Un beau papillon dont les ailes
Semblaient faire jaillir des milliers d'étincelles,
Voltigeait, voltigeait. « Approche, mon chéri,
Dit l'escargot, causons ensemble ;
Qu'un lien fraternel à jamais nous rassemble.
— « Tais-toi, répond l'insecte, oh ! de grâce, tais-toi,
Lâche orgueilleux ! Ce qui te plaît en moi,
Je le sais trop, c'est mon aile qui brille,
Car tu me repoussas impitoyablement
Lorsque j'étais encore une pauvre chenille. »

9.

A ces mots disparut le papillon charmant,
Et l'escargot honteux rentra dans sa coquille.

LE MÊME.

LE SANSONNET.

Le commensal d'un savetier,
    Jaune de bec, noir et gris de plumage,
    Et sansonnet de son métier,
Servait de passe-temps à tout le voisinage.
    Par un homme de qualité,
    Qu'avait charmé son caquetage,
    Le sansonnet fut acheté.
Il criait, il chantait, ne se sentait pas d'aise,
Et croyait chez un grand être mieux que chez Blaise ;
    Mais il comptait sans monseigneur.
    Celui-ci, vu son haut parage,
Ne pouvant s'occuper des besoins du jaseur,
    En donna la garde à son page :
Le page, tout entier aux plaisirs de son âge,
    Remit sa tâche à l'écuyer ;
L'écuyer, au frotteur ; le frotteur, au portier ;
    Le portier à la valetaille,
    Gent sans pitié, fainéante canaille,
S'embarrassant fort peu que notre sansonnet
    Eût ou non ce qu'il lui fallait ;

Tellement que le pauvre hère
Manquait souvent du nécessaire.
Se souvenant alors de son premier état,
Il s'écriait : « Foin de l'éclat !
« Hélas ! près de mon ancien maître,
« Rien ne manquait à mon bien-être ;
« Il était seul pour me chérir,
« Pour me soigner, pour me nourrir ;
« J'avais de tout en abondance :
« Sous son toit régnait l'indigence ;
« Il eût craint de m'en voir souffrir.
« J'ai cent valets dans ce lieu magnifique,
« Où j'espérais jouir du plus heureux destin,
« Et cependant j'y meurs de faim !...
« Ah ! que ne suis-je encore au fond de ma boutique ! »

Mon pauvre sansonnet, je suis de votre avis ;
Et je dis avec vous qu'un nombreux domestique
N'indique pas toujours les gens les mieux servis.

GAULDRÉE DE BOILLEAU.

L'ÂNE JOUEUR DE FLUTE.

Thomas Yriarte.

Ma muse peu discrète
Veut rimer bien ou mal

Un conte original
Qui lui revient en tête
    Par hasard.

Sur l'herbe d'un grand pré
Voisin de mon village,
Un baudet du bel âge
S'était un peu vautré
    Par hasard.

Il y vit une flûte,
Qu'en regagnant sa hutte
Un berger, l'autre soir,
Avait laissé là choir
    Par hasard.

L'âne s'approche, et flaire
Au bec de l'instrument ;
Puis, ne sachant qu'en faire,
Il le laisse, en soufflant
    Par hasard.

Comme de la pécore
L'haleine à plein donna
Dans le tuyau sonore,
La flûte résonna
    Par hasard.

« Quels sons ! dit la bourrique ;
Quels maîtres de musique

N'en seraient ébahis,
S'ils nous avaient ouïs
   Par hasard. »

Ne faut qu'on s'émerveille
Si, sans règle et souvent;
Un âne à courte oreille
Fait un heureux écart
   Par hasard.

Traduction de Fr. de Sobiratz.

L'Ours, le Porc et le Singe.

Yriarte.

Un ours qu'un savoyard dressait
Pour vivre de cette entreprise,
Sur ses deux pattes repassait
Sa leçon, pas trop bien apprise.

Cependant le lourd animal
Dit au singe avec suffisance :
« Comment trouves-tu que je danse?
— Mon ami, tu danses très-mal.

— Je crois que tu me fais injure :
Regardes-y bien : mon défaut
Est-il de manquer de tournure?
N'ai-je pas l'aplomb qu'il me faut?

Se trouvant alors sur la voie,
Un porc cria : « Bravo ! parfait !
Il est impossible qu'on voie
Un danseur plus leste et mieux fait. »

La louange était un peu forte.
L'ours fit ses comptes à part soi,
Et, modeste, de bonne foi,
On dit qu'il parla de la sorte :

« Le singe tout seul me blâmant,
Je doutais encor, je l'avoue ;
Mais puisque le cochon me loue,
Je dois danser horriblement. »

Traduction de DON MARIA MAURY.

CONTES.

LE CHARLATAN.

Un charlatan disait en plein marché,
Qu'il montrerait le diable à tout le monde,
Si n'y eut nul, tant fût-il empêché,

Qui ne courût pour voir l'esprit immonde.
Lors une bourse assez large et profonde,
Il leur déploie et leur dit : Gens de bien,
Ouvrez vos yeux, voyez ; y a-t-il rien ?
Non, dit quelqu'un des plus près regardants.
Eh ! c'est, dit-il, le diable, oyez-vous bien,
D'ouvrir sa bourse et ne rien voir dedans.

Mellin de Saint-Gelais.

FANFAN ET COLAS.

Fanfan, gras et vermeil et marchant sans lisiere,
    Voyait son troisième printemps.
D'un si beau nourrisson Pérette toute fière,
S'en allait à Paris le rendre à ses parents.
    Pérette avait sur sa bourrique,
  Dans deux paniers mis Colas et Fanfan.
De la riche Chloé, celui-ci fils unique,
Allait changer d'état, de nom, d'habillement,
    Et peut-être de caractère.
    Colas, lui, n'était que Colas,
  Fils de Pérette et de son mari Pierre :
Il aimait tant Fanfan qu'il ne le quittait pas ;
    Fanfan le chérissait de même.
Ils arrivent : Chloé prend son fils dans ses bras ;
    Son étonnement est extrême

Tant il lui paraît fort, bien nourri, gros et gras.
Pérette de ses soins est largement payée.
    Voilà Pérette renvoyée;
  Voilà Colas que Fanfan voit partir.
  Trio de pleurs : Fanfan se désespère;
    Il aimait Colas comme un frère :
Sans Pérette et sans lui que va-t-il devenir ?
Il fallut se quitter. On dit à la nourrice :
Quand de votre hameau vous viendrez à Paris,
    N'oubliez pas d'amener votre fils,
Entendez-vous, Pérette? on lui rendra service.
Pérette, le cœur gros, mais plein d'un doux espoir,
De son Colas déjà croit la fortune faite.
De Fanfan cependant Chloé fait la toilette :
Le voilà décrassé, beau, blanc, il fallait voir !
   Habit moiré, toquet d'or, riche aigrette.
On dit que le fripon, se voyant au miroir,
    Oublia Colas et Pérette.
Je voudrais à Fanfan porter cette galette,
Dit la nourrice un jour : Pierre, qu'en penses-tu?
Voilà tantôt six mois que nous ne l'avons vu.
  Pierre y consent : Colas est du voyage.
  Fanfan trouva (l'orgueil est de tout âge),
  Pour son ami, Colas trop mal vêtu;
  Sans la galette, il l'aurait méconnu.
Pérette accompagna le gâteau d'un fromage,
De fruits et de raisins, doux trésors de Bacchus :

Les présents furent bien reçus :
Ce fut tout ; et tandis qu'elle n'est occupée
    Qu'à faire éclater son amour,
    Le marmot, lui, bat du tambour,
Traîne son chariot, fait danser sa poupée.
Quand il a bien joué, Colas dit : C'est mon tour.
    Mais Fanfan n'était plus son frère ;
    Fanfan le trouva téméraire ;
Fanfan le repoussa d'un air fier et mutin.
    Pérette alors prend Colas par la main :
    Viens, lui dit-elle avec tristesse ;
    Voilà Fanfan devenu grand seigneur ;
    Viens, mon fils, tu n'as plus son cœur :
L'amitié disparaît où l'égalité cesse.

L'abbé AUBERT.

LA RICHESSE D'UNE MÈRE.

Sous un large tilleul dont le paisible ombrage
    Protégeait depuis bien des ans
Le repos des vieillards, les ris des jeunes gens,
    Un jour les anciens du village
    Regardaient danser leurs enfants.
Ils se contaient entre eux leurs secrets de famille,
Leurs peines, leurs plaisirs, leur espoir, leurs soucis.
    Parmi tous ces naïfs récits,

J'ai retenu celui que mère Pétronille
Fit en ces mots à ses amis :

« Vous admirez tous ma Denise,
Et vous apprendrez sans surprise
Que la dame de ce hameau,
La trouvant si douce et gentille,
En ait voulu faire sa fille
Et l'élever dans son château.
— Viens près de moi, petite amie,
Lui dit-elle un jour tendrement;
Tu seras mon enfant chérie ;
Je ferai le sort de ta vie
Et te placerai dignement.
Tu porteras riche dentelle
Fichu brodé, riche chapeau,
Comme une noble demoiselle.
Tu trouves qu'ici tout est beau;
Viens-y, si tu veux être belle :
Tu verras nos festins, nos jeux,
Et de fête en fête nouvelle
Tes jours s'écouleront heureux.
— Oh ! madame, dit ma Denise,
Vous êtes trop bonne vraiment;
Mais puis-je être richement mise?
Ma mère est mise pauvrement.
A vos fêtes comment me plaire,

Quel goût avoir en un festin,
Quand je sais que mon pauvre père
Travaille, et n'a rien que du pain ?
— Tu raisonnes en bonne fille,
Dit la dame ; mais, mon enfant,
Je veux donner à ta famille
De quoi vivre plus aisément.
— Oh ! oui, vous êtes généreuse ;
Mais nous n'avons pas de besoins ;
Avec peu ma mère est heureuse,
Et pour elle, la chose affreuse,
Serait la perte de mes soins.
— Ah ! s'écria la châtelaine,
Donnant à Denise un baiser,
Dieu me garde de vous causer,
Bonnes gens, si cruelle peine !
Mais, je me souviendrai de toi,
Denise ; va dire à ta mère
Qu'elle est bien plus riche que moi,
Puisque, dans son humble chaumière,
Elle possède un doux trésor
Dont ni la puissance ni l'or
Ne peuvent priver sa misère.
Dans le hameau, depuis ce jour,
Jamais la dame n'est venue
Sans nous dire un petit bonjour,
Et sans répéter tout émue,

Faisant un soupir à part soi :
— Allez, ma bonne Pétronille,
Quoique je dote votre fille,
Vous êtes plus riche que moi. »

L. P. DE JUSSIEU.

UN TRAIT DE LOUIS XII.

Les contes ont leur prix : comme ils sont amusants !
Comme ils font souvent peur et plaisir aux enfants !
Que le Petit-Poucet a fait verser de larmes !
Cendrillon, Barbe-Bleue et Peau-d'Ane ont leurs
                                        [charmes;
Et quant au Chat-Botté qui devint grand seigneur,
        Il méritait bien cet honneur,
        En intrigue étant passé maître ;
Toujours fourni de ruse et jamais en défaut,
Pour être un courtisan le ciel l'avait fait naître.
Mais ce ne sont plus là les contes qu'il vous faut :
Vous n'êtes plus enfant... Écoutez une histoire
    De Louis douze, un de nos meilleurs rois.
La bonté sur les cœurs ne perd jamais ses droits :
De ce Père du peuple on chérit la mémoire.
        Il sut qu'un grand seigneur
        — Peut-être une Excellence, —
        De battre un laboureur
        Avait eu l'insolence;

Il mande le coupable, et, sans rien témoigner,
Dans son palais un jour le retient à dîner.
Par un ordre secret que le monarque explique,
On sert à ce seigneur un repas magnifique,
Tout ce que de meilleur on peut imaginer,
Hors du pain, que le roi défend de lui donner.
Il s'étonne et ne peut concevoir ce mystère.
Le roi passe et lui dit : Vous a-t-on fait grand'chère?
— On m'a bien servi, sire, un superbe festin;
Mais je n'ai point dîné : pour vivre il faut du pain.
— Allez, répond Louis avec un front sévère,
Comprenez la leçon que j'ai voulu vous faire :
Puisqu'il vous faut, monsieur, du pain pour vous
Songez à bien traiter ceux qui le font venir. [nourrir,

ANDRIEUX.

CANUT, SES COURTISANS ET LA MER.

Histoire.

Dans les annales d'Angleterre
On vante avec raison le règne de Canut;
Car c'était un bon roi si jamais il en fut :
Non moins sage au conseil qu'intrépide à la guerre,
Il fut pieux encore, et je n'ai pas appris
  Que son royaume en allât pis.
Or, écoutez un trait de son histoire.

Que j'ai lu quelque part. Où ? je n'en sais plus rien :
    Mais qu'importe l'historien ?
  Voici le fait, si j'ai bonne mémoire.

    Sur les bords de la mer, un jour
Canut se promenait escorté de sa cour.
Que j'aime à contempler cette liquide plaine !
Disait-il ; et flatteurs de répondre à la fois :
    O roi le plus puissant des rois !
    C'est un fief de votre domaine.
— Quoi ! ce vaste Océan... ? — Est soumis à vos lois.
    — Mais lorsqu'il s'agite, qu'il gronde,
Qui pourrait arrêter la fureur de son onde ?
    — Vous seul pouvez y mettre un frein.
Canut est indigné de tant de flatterie ;
Il veut les en punir, et soudain il s'écrie :
Ainsi donc de la mer je suis le souverain !
Essayons mon pouvoir ; l'occasion est belle :
Le flux s'approche. — Éloignons-nous. — Pourquoi ?
    Il ferait beau voir qu'à son roi
    Un sujet se montrât rebelle !
Silence. On se regarde et chacun reste coi.
Canut fait apporter son fauteuil, sa couronne,
S'assied ; puis, étendant son sceptre vers les flots,
    A la mer il parle en ces mots :
O mer, retire-toi ; ton maître te l'ordonne !
    Le flux va toujours s'élevant ;

Il a bientôt couvert la plage.

Quand le roi sous ses pieds sent le sable mouvant,

Force est de quitter le rivage;

Notez que ces messieurs avaient pris le devant.

Canut leur tint alors ce sévère langage :

« Par vos discours insidieux

« Vous croyez m'abuser peut-être ;

« Apprenez que la mer ne reconnaît qu'un maître ;

« Ce maître, c'est celui de la terre et des cieux ; [yeux,

« Le plus puissant des rois n'est qu'un homme à ses

« Et l'homme un vermisseau que sa bonté fit naître.

« Mais abrégeons de vains discours :

« Vil troupeau de flatteurs, c'en est fait, je vous chasse !

« Vous êtes le fléau des cours.

« Ah ! puissent mes pareils se rappeler toujours,

« Mon exemple et votre disgrâce. » LE BAILLY.

LE MEUNIER SANS-SOUCI.

(Frédéric II, roi de Prusse, veut se faire bâtir un château ; le meunier Sans-Souci refuse de lui vendre son moulin).

Sur le riant coteau par le prince choisi

S'élevait le moulin du meunier *Sans-souci*.

Le vendeur de farine avait pour habitude

D'y vivre au jour le jour, exempt d'inquiétude;

Et, de quelque côté que vînt souffler le vent,

Il y tournait son aile, et s'endormait content.

Fort bien achalandé, grâce à son caractère,
Le moulin prit le nom de son propriétaire ;
Et des hameaux voisins les filles, les garçons,
Allaient à Sans-Souci pour danser aux chansons.

Hélas ! Est-ce une loi sur notre pauvre terre,
Que toujours deux voisins auront entre eux la guerre,
Que la soif d'envahir et d'étendre ses droits
Tourmentera toujours les meuniers et les rois ?
En cette occasion le roi fut le moins sage ;
Il lorgna du voisin le modeste héritage.

On avait fait des plans, fort beaux sur le papier,
Où le chétif enclos se perdait tout entier.
Il fallait, sans cela, renoncer à la vue,
Rétrécir les jardins, et masquer l'avenue.
Des bâtiments royaux l'ordinaire intendant
Fit venir le meunier ; et, d'un ton important :
« Il nous faut ton moulin ; que veux-tu qu'on t'en
                                        [donne ?
— Rien du tout ; car j'entends ne le vendre à personne :
Il vous faut est fort bon... Mon moulin est à moi...
Tout aussi bien, au moins, que la Prusse est au roi.
— Allons, ton dernier mot, bonhomme, et prends-y
                                        [garde :
— Faut-il vous parler clair ? — Oui. — C'est que je le
Voilà mon dernier mot. » Ce refus effronté   [garde :
Avec un grand scandale au prince est raconté.

Il mande auprès de lui le meunier indocile,
Presse, flatte, promet : ce fut peine inutile.
Sans-Souci s'obstinait : « Entendez la raison,
Sire ; je ne puis pas vous vendre ma maison :
Mon vieux père y mourut ; mon fils y vient de naître.
C'est mon Postdam[1] à moi. Je suis tranchant peut-
[être:
Ne l'êtes-vous jamais ? Tenez, mille ducats,
Au bout de vos discours, ne me tenteraient pas.
Il faut vous en passer ; je l'ai dit, j'y persiste. »
Les rois malaisément souffrent qu'on leur résiste.
Frédéric, un moment par l'humeur emporté :
« Parbleu de ton moulin c'est bien être entêté !
« Je suis bon de vouloir t'engager à le vendre :
« Sais-tu que, sans payer, je pourrais bien le
[prendre?
« Je suis le maître. — Vous ?... de prendre mon
[moulin ?
« Oui, si nous n'avions pas de juges à Berlin. »
Le monarque, à ce mot, revint de son caprice.
Charmé que, sous son règne, on crût à la justice,
Il rit, et se tournant vers quelques courtisans :
« Ma foi, messieurs, je crois qu'il faut changer nos
[plans.

1 Ville où le roi de Prusse a un beau château. Le château de
Sans-Souci, bâti par Frédéric le Grand, est au-N. N. O. de
Postdam.

« Voisin, garde ton bien ; j'aime fort ta réplique. »
Qu'aurait-on fait de mieux dans une république ?
Le plus sûr est pourtant de ne pas s'y fier.
Ce même Frédéric, juste envers un meunier,
Se permit maintes fois telle autre fantaisie :
Témoin, ce certain jour qu'il prit la Silésie ;
Qu'à peine sur le trône, avide de lauriers,
Épris du vain renom qui séduit les guerriers,
Il mit l'Europe en feu. Ce sont là jeux de prince :
On respecte un moulin, on vole une province.

ANDRIEUX.

UN TRAIT DE THOMAS MORUS.

Anecdote.

Du chancelier Thomas Morus
  La fin tragique et les vertus
A la postérité sont transmis par l'histoire ;
  Ses traits plaisants sont moins connus.
Le suivant, ce me semble, est digne de mémoire :
  Sur la tour de l'Observatoire,
  A lire dans les cieux il était occupé,
Quand il survint un fou de Bedlam échappé.
Il regarde Morus quelque temps en silence ;
Puis son œil de la tour mesurant la hauteur :
« Ta tournure, dit-il, annonce un bon sauteur ;
  Tu peux franchir cette distance ;

Saute là-bas. » « — Vous êtes fou, je pense. »
« — On m'a mis à Bedlam... Connais-tu la maison ? »
« — Bedlam ! O juste ciel ! A quel homme ai-je
Morus adroitement veut alors le distraire ; [affaire ! »
 Mais le fou n'entend pas raison.

 « Il faut, dit-il, me satisfaire, [nécessaire,
Ou mon bras... » « — Non, arrête, il n'est pas
Je suis fameux sauteur, tu dis fort bien ; mais quoi !
Sauter d'ici là-bas est indigne de moi.
 Non, mon cher, un artiste habile,
  Ne se ravale point ainsi ;
 Et c'est un tour plus difficile
Que, pour te divertir, je prétends faire ici.
Je descends dans la rue ; et, m'élançant de terre,
Du pied de cette tour je vais sauter en haut ;
On chercherait en vain, dans toute l'Angleterre,
Quelqu'un assez hardi pour faire un pareil saut.
Ce spectacle pour toi sera fort agréable. »
 Le fou consent, et le bon chancelier,
Sans regarder derrière enfile l'escalier,
Comme s'il eût été poursuivi par le diable.

Voulez-vous ramener les esprits violents
 Gardez-vous de les contredire.
 Sans être fous beaucoup de gens
 Où l'on veut se laissent conduire,
 Quand on abonde dans leur sens. M. B***

L'ENFANT MAUDIT.

Conte.

Autrefois dans Bagdad, la ville des merveilles,
Grandissait Abdallah, fils du cheik El-Modi,
     Que les derviches et les vieilles
Dont ses propos moqueurs échauffaient les oreilles,
Nommaient dans leur colère : Abdallah le Maudit.

Il n'avait, orphelin, ni mère, ni sœur tendre,
Hélas! pour l'enchaîner doucement au devoir,
Pour payer son travail par les baisers du soir,
Ou punir sa paresse en les faisant attendre.
Une mère, une sœur, c'est le premier des biens :
Vous le savez, enfant, et moi, je m'en souviens!

Passe encor s'il n'eût fait qu'agacer par derrière
Le derviche immobile en son culte fervent
Et lui tirer la barbe, ou bourrer de poussière
La pipe du soldat qui dormait en plein vent;   [toire
Mais gourmand et voleur!.... Oui, j'ai lu dans l'his-
Qu'il aimait un peu trop la figue et le raisin
       Du voisin;
Fécond en malins tours, il y mettait sa gloire,
     Et cadis, marchands, bateleurs,
Dit-on, se méfiaient de lui les jours de foire
     Plus que des *quarante voleurs!*

Las enfin d'en gémir, à sa folle conduite
    Un vieil oncle l'abandonna ;
D'Abdallah le Maudit chacun se détourna ;
Le bruit seul de ses pas mettait les jeux en fuite.
Il réfléchit alors : la voix qu'il étouffait,
    Cette compagne intérieure
    Qui chante de joie ou qui pleure,
    Suivant qu'on a bien ou mal fait,
La conscience en lui gronda, juge implacable.

Alors dans le désert un saint homme vivait
D'aumône et d'eau, n'ayant que le roc pour chevet ;
Et, pleine de pardons, quand sa main vénérable
    Les répandait sur un coupable,
A l'arrêt inspiré, toujours Dieu souscrivait ;
    « Il me pardonnera sans doute
S'il pardonne au remords, » dit l'enfant, et voilà
Au milieu du désert ses petits pieds en route.

Le désert est bien grand ! Dieu conduise Abdallah !
Le désert est bien grand et presque infranchissable :
C'est un champ de poussière et de feu : rien n'y croît,
Ni mûres, ni bluets, enfants, et l'on n'y voit
    Que du soleil et que du sable.
    Tantôt d'un rocher caverneux,
Aux pieds du voyageur égaré dans l'espace,
Un boa sort, fouettant la terre de ses nœuds ;
    Tantôt c'est un lion qui passe,

10.

Calme et superbe, avec de la chair vive aux dents,
Et de gros yeux pareils à des charbons ardents.

A travers le soleil et les vents et l'orage,
Notre pénitent va, n'ayant pour tout fardeau
Qu'un gâteau de maïs, un bâton de voyage,
Et, pendante au côté, sa gourde pleine d'eau.

Mais voilà qu'au désert un cri mourant l'implore :
C'était un pauvre chien qui, sur le sable ardent,
Dévoré par la soif, hurlait en le mordant.
La route à parcourir était bien longue encore ;
Sa gourde résonnait à moitié vide : eh bien !
Il en épuisa l'eau dans la gueule du chien ;
Et le chien bondissant, tout joyeux de renaître,
Dit par une caresse : « Abdallah, sois mon maître. »

Il marche, il marche encor ; puis s'arrête, voyant
Son nouveau compagnon trembler en aboyant :
Un serpent au soleil se dressait sur sa queue ;
Le serpent-roi, celui qu'on appelle Devin ;
Et, sous les mille éclairs de son écaille bleue,
Un oiseau fasciné se débattait en vain.

Notre héros s'élance, invoque le prophète,
Et, fort de sa pitié, fort du secours divin,
Frappe à coups redoublés le monstre sur la tête.
Le devin se tordit sur le sable et siffla,
    Puis mourut aux pieds d'Abdallah !

Le vainqueur dans son sein met l'oiseau, sa conquête,
Et le baise, endormi sur ce mol oreiller,
Doucement, doucement, de peur de l'éveiller

Le voilà parvenu devant la grotte sainte,
Enfin !... et sur le seuil il hésite, n'osant,
Lui coupable et poudreux, profaner cette enceinte ;
Mais, ô surprise ! aux pieds du vieillard imposant,
    Quand le Maudit courbait la tête,
Le chien qui le suivait à la porte gratta,
L'oiseau battit de l'aile au réveil et chanta.
Et le saint comprit tout, car il était prophète.
Sur le front du pécheur alors il étendit
    Ses deux mains tremblantes et dit :

Levez-vous, Abdallah : Dieu pardonne et vous aime ;
En paix avec le ciel, en paix avec vous-même,
Allez : vous n'êtes plus Abdallah le Maudit.
Pour que Dieu le bénisse, un enfant doit soumettre
Ses caprices mutins aux volontés d'un maître ;
Il doit n'être gourmand, espiègle, ni moqueur ;
    Mais sur les vertus les plus hautes ;
Ce qui l'emporte et peut racheter bien des fautes,
Ne l'oubliez jamais, enfant : c'est un bon cœur !

HÉGÉSIPPE MOREAU.

BALLADES

—

LA FEUILLE DU CHÊNE.

Ballade.

Reposons-nous sous la feuille du chêne.

Je vous dirai l'histoire qu'autrefois,
En revenant de la cité prochaine,
Mon père, un soir, me conta dans les bois.
(O mes amis ! que Dieu vous garde un père.
Le mien n'est plus.) — De la terre étrangère,
Seul dans la nuit, et pâle de frayeur,
S'en revenait un riche voyageur.

Reposons-nous sous la feuille du chêne.

Un meurtrier sort du taillis voisin...
O voyageur ! ta perte est trop certaine ;
Ta femme est veuve et ton fils orphelin.   [bre ;
« Traître, a-t-il dit, nous sommes seuls dans l'om-
Mais, près de nous, vois-tu ce chêne sombre ?
Il est témoin : au tribunal vengeur
Il redira la mort du voyageur. »

Reposons-nous sous la feuille du chêne.

Le meurtrier dépouilla l'inconnu ;
Il emporta dans sa maison lointaine

Cet or sanglant, par le crime obtenu;
Près d'une épouse industrieuse et sage
Il oublia le chêne et son feuillage,
Et seulement une fois la rougeur
Couvrit ses traits au nom du voyageur.

Reposons-nous sous la feuille du chêne.

Un jour enfin, assis tranquillement
Sous la ramée, au bord d'une fontaine,
Il s'abreuvait d'un laitage écumant.
Soudain le vent fraîchit; avant l'automne
Au sein des airs la feuille tourbillonne.
Sur le laitage elle tombe... O terreur!
C'était ta feuille, arbre du voyageur.

Reposons-nous sous la feuille du chêne.

Le meurtrier devint pâle et tremblant;
La verte feuille et la claire fontaine,
Et le lait pur, tout lui parut sanglant.
Il se trahit; on l'écoute, on l'enchaîne;
Devant le juge en tumulte on l'entraîne:
Tout se révèle; et l'échafaud vengeur
Apaise enfin le sang du voyageur.

Reposons-nous sous la feuille du chêne.

MILLEVOYE.

LE CHASSEUR DES ALPES.

Légende.

« Que j'abhorre, mon fils, tes projets intrépides !
« Tu vas donc confier tes destins aux forêts ;
« Tu veux suivre un chamois en ses élans rapides ;
    « Tu veux le percer de tes traits.

« Tu ne guideras plus en nos plaines fleuries
« Le troupeau caressant de ces jeunes agneaux
« Qui sous tes yeux paissaient les herbes des prairies,
    « Et bondissaient au bord des eaux.

« Tu dédaignes ces fleurs, par tes mains cultivées,
« Qui croissaient pour parer les fêtes du printemps,
« Qui te charmaient hier, qui de tes mains privées
    « Ne vivront plus que peu d'instants !

« Les routes de ces monts ne te sont point connues !
« Des abîmes nombreux s'y cachent sous les pas :
« Ces neiges que tu vois s'élever sur les nues
    « Tombent et portent le trépas !

« Reste, reste, mon fils, reste auprès de ta mère !
« Du déclin de mes jours, ô toi l'unique espoir !
« C'est parmi ces glaciers qu'a disparu ton père !
    « Je crains de ne pas te revoir. »

Ainsi de Val-Rosa parlait une habitante ;
Ses baisers se mêlaient à ce touchant discours...

Mais d'un torrent fougueux c'est en vain que l'on tente
   D'arrêter le rapide cours.

L'impétueux chasseur méprise ses alarmes ;
Il part en lui disant : « Je reviendrai ce soir. »
Pour le suivre longtemps de ses yeux pleins de larmes,
   Sur un roc elle va s'asseoir.

D'un vieux chêne noirci par les feux de l'orage,
Un corbeau de son fils lui prédit le trépas ;
Cet aspect lui ravit un reste de courage :
   L'oiseau sinistre ne ment pas !

Le jour tombe... elle crie, inquiète, éperdue :
« Mon fils !... » A ses regards il ne vint pas s'offrir.
L'aurore la trouva sur la terre étendue...
   Elle avait cessé de souffrir.

On conte que depuis, au bord du précipice,
Alors que de la vie il dédaigne le soin,
Le chasseur voit parfois un fantôme propice
   Qui lui dit : « Ne va pas plus loin ! »

D'ANGLEMONT.

DIALOGUES.

—

ANNE DE BOULEN ET ÉLISABETH, SA FILLE.

BOULEN.

Je vais goûter encor quelques moments bien doux :
Embrasse-moi, ma fille, et viens sur mes genoux.

ÉLISABETH.

Ma mère, ce matin comme tu m'as laissée !

BOULEN.

Quel souvenir amer revient à ma pensée !

ÉLISABETH.

Autrefois tu m'aimais, tu ne me quittais pas ;
Souvent, durant les nuits, je dormais dans tes bras.

BOULEN.

Elle n'aura donc plus une mère auprès d'elle !

ÉLISABETH.

Pendant toute la nuit vainement je t'appelle.

BOULEN.

Ma fille, à chaque mot, veux-tu me déchirer !

ÉLISABETH.

Comme toi, maintenant, je ne fais que pleurer.

BOULEN.

Combien tous ses discours ont de grâce et de charmes !

ÉLISABETH.

Ma mère...

BOULEN.

Quoi ! sa main veut essuyer mes larmes !

ÉLISABETH.

Mais d'où vient ta douleur ?

BOULEN.

Tu le sauras un jour...

ÉLISABETH.

Ne quitteras-tu point ce triste et noir séjour ?

BOULEN.

J'en sortirai ce soir.

ÉLISABETH.

Ah ! j'en suis bien contente !

BOULEN, *à part.*

La mort qu'on me prépare est loin de son attente !

ÉLISABETH, *regardant les chaînes de sa mère.*

Ce fer est trop pesant ; il doit blesser tes mains.

BOULEN.

Je subirai bientôt de plus cruels destins.

ÉLISABETH.

Quel est donc le méchant qui peut causer ta peine ?

BOULEN.

Un puissant ennemi m'accable de sa haine ;
Pour prix de ma tendresse, il a proscrit mes jours.

ÉLISABETH.

Eh ! que n'appelles-tu mon père à ton secours ?

BOULEN.

Ton père !

11

ÉLISABETH.

Il te chérit, il viendra te défendre.

BOULEN.

Lui, tu le crois?

ÉLISABETH.

Mon père! ah! s'il pouvait m'entendre!
On fait tout ce qu'il veut.

BOULEN.

Oui! je le sais trop bien.

ÉLISABETH.

Allons auprès de lui... Tu ne me réponds rien.

BOULEN.

Enfant, n'hérite pas du malheur de ta mère :
Surtout dans ses rigueurs crains d'imiter ton père.

M.-J. CHENIER.

LE SACRIFICE DES PETITS ENFANTS.
Idylle de LÉONARD.

MIRTIL ET CHLOÉ.

Le tendre enfant Mirtil, au lever de l'aurore,
    Vit la plus jeune de ses sœurs
Tristement occupée à rassembler des fleurs.
En les réunissant, Chloé mêlait ses pleurs
Aux larmes du matin qui les baignaient encore.
Elle laissa couler deux ruisseaux de ses yeux,
    Sitôt qu'elle aperçut son frère.

CHLOÉ.

Hélas! Mirtil, bientôt nous n'aurons plus de père,
Que notre sort est douloureux!

MIRTIL.

Ah! s'il allait mourir, ce père qui nous aime!
Ma sœur, il est si vertueux!
Il a tant d'amour pour les dieux! (1)

CHLOÉ.

Oui, Mirtil, et les dieux devraient l'aimer de même.

MIRTIL.

O ma sœur, comme ici tout me paraît changer!
Comme tous les objets semblent dans la tristesse;
En vain mon agneau me caresse,
Depuis cinq jours je le délaisse,
Et c'est une autre main qui lui donne à manger.
Vainement mon ramier s'approche de ma bouche
De mes plus belles fleurs je n'ai point de souci;
Enfin, ce que j'aimais n'a plus rien qui me touche:
Mon père, si tu meurs, je veux mourir aussi!

CHLOÉ.

Hélas! il t'en souvient, mon frère!
Cinq jours bien longs se sont passés
Depuis que sur son sein nous tenant embrassés
Il se mit à pleurer...

(1) Les païens ne connaissaient point la religion chrétienne et croyaient à la pluralité des dieux.

MIRTIL.

Oui, Chloé. Ce bon père !
Comme il devint pâle et tremblant !
« Mes enfants, disait-il, je suis bien chancelant :
Laissez-moi... Je succombe au mal qui me tourmente. »
Il se traîna jusqu'à son lit.
Depuis ce temps il s'affaiblit,
Et tous les jours son mal augmente.

CHLOÉ.

Écoute quel est mon dessein :
Si tu me vois de grand matin
Occupée à cette guirlande,
C'est qu'au dieu des bergers j'en veux faire une offrande.
Ma mère nous dit toujours
Que les dieux sont cléments, qu'ils prêtent leur secours
Aux simples vœux de l'innocence ;
Moi, je veux du dieu Pan (1) implorer la clémence.
Et vois-tu cet oiseau, mon unique trésor ?
Eh bien ! je veux au dieu le présenter encor.

MIRTIL.

O ma sœur, attends-moi, je n'ai qu'un pas à faire.
De mes fruits les plus beaux j'ai rempli mon panier ;
Je vais l'aller chercher ; et, pour sauver mon père,
Je veux y joindre mon ramier.
Ces mots finis, il court, va saisir sa richesse,

(1) Dieu des bergers dans la mythologie païenne.

Et sous un poids si doux il revole à l'instant :
» Il souriait en le portant,
Tour à tour agité d'espoir et de tristesse.
   Les voilà tous deux en chemin]
   Pour arriver aux pieds de la statue.
Elle se présentait sur un coteau voisin
Que les pins ombrageaient de leur cime touffue.
. Là, s'étant prosternés devant le dieu des champs,
Ils élèvent vers lui leurs timides accents.

CHLOÉ.

Daigne, ô Dieu des bergers, agréer mon offrande,
Et laisse-toi toucher aux pleurs que je répands !
   Tu vois, je n'ai qu'une guirlande ;
   A tes genoux je la suspends :
J'en ornerais ton front, si j'étais assez grande.
O dieu, rends notre père à ses pauvres enfants.

NIRTIL.

Conserve ce bon père, ô dieu ! Sois-nous propice.
.Voilà mes plus beaux fruits, que j'ai cueillis pour toi !
Si mon plus beau chevreau n'était plus fort que moi,
   J'en aurais fait le sacrifice.
Quand je serai plus grand, j'en immolerai deux,
Si tu vois en pitié deux enfants malheureux.

CHLOÉ.

Nous partageons les maux que notre père endure.
Quel don peut te fléchir?... Tiens, voilà mon oiseau !
C'est pourtant tout mon bien, ô Pan, je te le jure.

Vois, il vient dans ma main chercher sa nourriture

Et je veux que ma main lui serve de tombeau.

MIRTIL.

O Pan ! que faut-il pour te plaire ?

Regarde mon ramier, je le vais appeler.

Veux-tu sa vie ? Elle m'est chère :

Mais, pour que tu sauves mon père,

Je vais... oui, dieu puissant, je vais te l'immoler.

Et leurs petites mains tremblantes

Saisissaient des oiseaux les ailes frémissantes.

Déjà, glacés de crainte, ils détournaient les yeux,

Pour commencer leurs sacrifices.

Mais une voix s'élève : « Enfants trop généreux !

« Arrêtez ! L'innocence intéresse les dieux.

« Gardez-vous d'immoler ce qui fait vos délices !

« Je rends votre père à vos vœux. »

Leur père fut sauvé. Ce jour même avec eux

Il alla du dieu Pan bénir la bienfaisance :

Il passa de longs jours au sein de l'abondance

Et vit naître les fils de ses petits-neveux.

FRAGMENT DE LA VIIe SCÈNE DU IIe ACTE D'ATHALIE.

ATHALIE, JOAS.

ATHALIE.

Comment vous nommez-vous ?

JOAS.

J'ai nom Éliacin.

ATHALIE.

Votre père ?

JOAS.

Je suis, dit-on, un orphelin,
Entre les bras de Dieu jeté dès sa naissance,
Et qui de ses parents n'eut jamais connaissance.

ATHALIE.

Vous êtes sans parents ?

JOAS.

Ils m'ont abandonné.

ATHALIE.

Comment ? Et depuis quand ?

JOAS.

Depuis que je suis né.

ATHALIE.

Ne sait-on pas au moins quel pays est le vôtre ?

JOAS.

Ce temple est mon pays : je n'en connais point d'autre.

ATHALIE.

Où dit-on que le sort vous a fait rencontrer ?

JOAS.

Parmi des loups cruels prêts à me dévorer.

ATHALIE.

Qui vous mit dans ce temple ?

JOAS.

Une femme inconnue,

Qui ne dit point son nom, et qu'on n'a point revue.

ATHALIE.

Mais de vos premiers ans quelles mains ont pris soin?

JOAS.

Dieu laissa-t-il jamais ses enfants au besoin?
Aux petits des oiseaux il donne leur pâture,
Et sa bonté s'étend sur toute la nature.
Tous les jours je l'invoque; et d'un soin paternel
Il me nourrit des dons offerts sur son autel.

ATHALIE.

. . . .

. . . . . . Quel est, tous les jours, votre emploi?

JOAS.

J'adore le Seigneur : on m'explique sa loi;
Dans son livre divin on m'apprend à la lire;
Et déjà de ma main je commence à l'écrire.

ATHALIE.

Que vous dit cette loi?

JOAS.

Que Dieu veut être aimé,
Qu'il venge tôt ou tard son saint nom blasphémé,
Qu'il est le défenseur de l'orphelin timide;
Qu'il résiste au superbe et punit l'homicide.

ATHALIE.

J'entends. Mais tout ce peuple enfermé dans ce lieu
A quoi s'occupe-t-il?

JOAS.

Il loue et bénit Dieu.

ATHALIE.

Dieu veut-il qu'à toute heure on prie, on le contemple?

JOAS.

Tout profane exercice est banni de son temple.

ATHALIE.

Quels sont donc vos plaisirs?

JOAS.

Quelquefois à l'autel :
Je présente au grand prêtre ou l'encens ou le sel,
J'entends chanter de Dieu les grandeurs infinies;
Je vois l'ordre pompeux de ses cérémonies.

ATHALIE.

Hé quoi! vous n'avez point de passe-temps plus doux?
Je plains le triste sort d'un enfant tel que vous :
Venez dans mon palais, vous y verrez ma gloire.

JOAS.

Moi, des bienfaits de Dieu je perdrais la mémoire!

ATHALIE.

Non, je ne vous veux pas contraindre à l'oublier.

JOAS.

Vous ne le priez point.

ATHALIE.

Vous pourrez le prier.

JOAS.

Je verrais cependant en invoquer un autre.

11.

ATHALIE.

J'ai mon Dieu que je sers; vous servirez le vôtre :
Ce sont deux puissants dieux.

JOAS.

Il faut craindre le mien :
Lui seul est Dieu, Madame; et le vôtre n'est rien.

ATHALIE.

Les plaisirs près de moi vous chercheront en foule.

JOAS.

Le bonheur des méchants comme un torrent s'écoule.

ATHALIE.

Enfin, Éliacin, vous avez su me plaire;
Vous n'êtes point sans doute un enfant ordinaire

. . . .

A ma table, partout à mes côtés assis,
Je prétends vous traiter comme mon propre fils.

JOAS.

Comme votre fils !

ATHALIE.

Oui... Vous vous taisez?

JOAS.

Quel père
Je quitterais! et pour...

ATHALIE.

Hé bien!

JOAS.

Pour quelle mère !

TROISIÈME PARTIE
Poésies morales et religieuses.

POÉSIES MORALES.

INCONSTANCE DE LA FORTUNE.

Remplissez l'air de cris en vos grottes profondes,
Pleurez, nymphes de Vaux, faites croître vos ondes,
Et que l'Anqueuil (1) enflé ravage les trésors
Dont les regards de Flore ont embelli ses bords.
On ne blâmera pas vos larmes innocentes ;
Vous pouvez donner cours à vos douleurs pressantes ;
Chacun attend de vous ce devoir généreux :
Les destins sont contents, Oronte est malheureux.
Vous l'avez vu naguère au bord de vos fontaines,
Qui sans craindre du sort les faveurs incertaines,
Plein d'éclat, plein de gloire, adoré des mortels,
Recevait des honneurs qu'on ne doit qu'aux autels.
Hélas ! qu'il est déchu de ce bonheur suprême !
Que vous le trouveriez différent de lui-même !
Pour lui les plus beaux jours sont de secondes nuits ;
Les soucis dévorants, les regrets, les ennuis,
Hôtes infortunés de sa triste demeure,
En des gouffres de maux le plongent à toute heure.
Voilà le précipice où l'ont enfin jeté

---

(1) Petite rivière qui passe à Vaux.

Les attraits enchanteurs de la prospérité !
Dans les palais des rois cette plainte est commune,
On n'y connaît que trop les jeux de la Fortune,
Ses trompeuses faveurs, ses appas inconstants ;
Mais on ne les connaît que quand il n'est plus temps.
Lorsque sur cette mer on vogue à pleines voiles,
Qu'on croit avoir pour soi les vents et les étoiles,
Il est bien malaisé de régler ses désirs ;
Le plus sage s'endort sur la foi des zéphyrs.
Jamais un favori ne borne sa carrière ;
Il ne regarde pas ce qu'il laisse en arrière ;
Et tout ce vain amour des grandeurs et du bruit
Ne le saurait quitter qu'après l'avoir détruit.
Tant d'exemples fameux que l'histoire en raconte
Ne suffisaient-ils pas, sans la perte d'Oronte ?
Ah ! si ce faux éclat n'eût pas fait ses plaisirs,
Si le séjour de Vaux eût borné ses désirs,
Qu'il pouvait doucement laisser couler son âge !
Vous n'avez pas chez vous ce brillant équipage,
Cette foule de gens qui s'en vont chaque jour
Saluer à longs flots le soleil de la cour :
Mais la faveur du ciel vous donne en récompense
Du repos, du loisir, de l'ombre et du silence,
Un tranquille sommeil, d'innocents entretiens ;
Et jamais à la cour on ne trouve ces biens (1).

(1) LA FONTAINE, *Élégie aux nymphes de Vaux sur la disgrâce de Fouquet.*

SUR L'AMOUR-PROPRE.

L'amour-propre est, hélas! le plus sot des amours;
Cependant des erreurs il est la plus commune.
Quelque puissant qu'on soit en richesse, en crédit;
Quelque mauvais succès qu'ait tout ce qu'on écrit,
    Nul n'est content de sa fortune
    Ni mécontent de son esprit.

Mᵐᵉ DESHOULIÈRES.

PERSÉVÉRANCE DANS LE BIEN.

La vertu qui n'est pas d'un facile exercice,
C'est la persévérance après le sacrifice;
C'est, quand le feu s'est lentement éteint,
La résolution qui survit à l'instinct,
Et seule devant soi, paisible, refroidie,
Par un monde oublieux n'étant plus applaudie,
A travers les besoins, l'injure et le dégoût,
Modeste et ferme, suit son chemin jusqu'au bout.

FRANCIS PONSARD.

LE VOYAGE.

Partir avant le jour, à tâtons, sans voir goutte,
Sans songer seulement à demander sa route,
Aller de chute en chute, et, se traînant ainsi,
Faire un tiers de chemin jusqu'à près de midi;
Voir sur sa tête alors amasser les nuages;

Dans un sable mouvant précipiter ses pas ;
Courir en essuyant orages sur orages,
Vers un but incertain où l'on n'arrive pas,
Détrompé, vers le soir chercher une retraite,
Arriver haletant, se coucher, s'endormir
On appelle cela vivre, naître et mourir :
    La volonté de Dieu soit faite !

FLORIAN.

LES VOEUX D'UN SAGE.

S'il m'eût été permis d'élire
Entre les dons brillants des dieux,
L'esprit m'eût bien tenté, s'il eût pu me suffire ;
Et puis, l'esprit tout seul n'est souvent qu'un délire,
    Et le sage doit choisir mieux.
    J'aurais dit au maître des cieux :
    Dieu puissant, par qui tout respire,
De vos rares bienfaits, de vos dons précieux,
    Voilà les seuls que je désire :
    Un ami pour me rendre heureux
    Et du bon sens pour me conduire.

L'abbé DE REYRAC.

LA VENGEANCE.

Si quelqu'un nous blesse et nous nuit,
Quelque grande que soit l'offense,
Laissons l'espace d'une nuit
Entre l'injure et la vengeance :
L'aurore à nos yeux rend moins noir
Le mal qu'on nous a fait la veille;
Et tel qui s'est vengé le soir,
En est fâché lorsqu'il s'éveille.

PANARD. (*Pensées*).

STANCES A MA FILLE, QUI M'AVAIT DEMANDÉ UNE ROMANCE.

Ma chère enfant, viens, écoute ta mère,
De ses leçons garde le souvenir;
De la raison si le flambeau t'éclaire,
Tu fixeras ton sort pour l'avenir.

Que la pudeur soit ta seule parure;
Redoute l'art et la frivolité :
La vérité convient à la nature,
Le talent seul ajoute à la beauté.

Quand le matin tu vois briller la rose,—
Songe qu'au soir elle n'existe plus :

Un seul moment de la beauté dispose ;
On est toujours belle avec des vertus.

Si le malheur te suit dans ta carrière,
Arme ton cœur d'une noble fierté :
On est timide alors qu'on désespère,
Un front serein brave l'adversité.

Mais si le ciel t'accordait l'opulence,
Et des jours purs par les plaisirs tracés,
Ouvre ton âme à l'honnête indigence,
Et que ses pleurs par toi soient effacés.

Sois toujours douce, honnête, affable et sage ;
D'une coquette évite l'art flatteur ;
Que la candeur, peinte sur ton visage,
Fasse juger des vertus de ton cœur.

Puissé-je dire, à mon heure dernière,
De tout danger j'ai sauvé mon enfant !
Je finirai sans regret ma carrière,
Si je te laisse heureuse, en expirant.

Mᵐᵉ PERRIER.

CONSEILS D'UN VIEILLARD SUR LA CULTURE DE L'ESPRIT.

Si notre vie est courte et surtout incertaine,
Il faut comme un habile et prudent capitaine,

Qui jamais du soldat n'expose en vain les jours,
N'en pas laisser sans fruit évanouir le cours.
C'est à la bien remplir que nos vœux doivent tendre ;
Le monde et ses plaisirs n'y peuvent pas prétendre !
Il n'a que de faux biens et des charmes trompeurs,
Et ses illusions ressemblent aux vapeurs
Que le soleil dissipe et que le vent emporte.
Laboureur, si tu veux que ton champ te rapporte,
Ne va pas, quand l'engrais féconde le terrain,
Semer confusément l'ivraie et le bon grain !
C'est le même conseil qu'en ami je vous donne,
Le bon grain seulement fait la récolte bonne.
Ce qu'il faut, mon enfant, la raison le prescrit,
C'est la culture aux champs, c'est l'étude à l'esprit..

Étudier, enfant ; étudier, c'est vivre !
Apprendre, c'est jouir ; c'est acquérir un bien
Qui seul des coups du sort n'ait à redouter rien ;
Qui tienne lieu de tout et que rien ne remplace ;
Que ne puisse donner ni fortune ni place,
Qui nous aide à braver l'orage et les autans,
Et nous rende en hiver les roses du printemps !...
On ne peut, mon enfant, parvenir à mon âge,
Sans avoir de la vie essuyé maint naufrage ;
Eh bien ! Quand le malheur se plut à m'accabler,
C'est l'étude après Dieu qui vint me consoler.
Mes auteurs favoris, mes maîtres, mes modèles,

Comme de vrais amis me sont encor fidèles ;
Ils abrégent mes nuits, ils allongent mes jours ;
Et, quand je les appelle, ils répondent toujours.
Ne croyez pas au moins, si je veux de l'étude
Vous faire, à mon exemple, une douce habitude,
Qu'il faille renoncer à des plaisirs permis :
L'étude et le plaisir ne sont point ennemis ;
Jamais leur union de regrets n'est suivie.
Pour chasser ici-bas les chagrins de la vie,
Ils se prêtent l'un l'autre un mutuel secours ;
Et les jours les plus longs avec eux semblent courts.

Amassez les trésors que l'étude nous donne ;
Récoltez au printemps des moissons pour l'automne ;
Pour nourrir votre esprit que votre ardeur soit vive !
Croyez-moi, mon enfant, c'est l'esprit qu'on captive ;
Non cet esprit banal qui s'épuise à trouver
De ces mots qui font rire et ne font point rêver,
Mais cet esprit de choix que l'étude féconde,
Où comme en un miroir se réfléchit le monde,
Et qui dans nos salons, par un charme secret,
De l'aimant sur le fer a l'invincible attrait.

Pour atteindre ce but, vous me direz peut-être
Que je devrais au moins vous indiquer un maître
Qui pût guider vos pas dans ce chemin glissant,
Pour un que vous cherchez, je vous en offre cent :
Ces maîtres, c'est d'abord la Bible et l'Évangile,

C'est Homère et Platon, c'est Horace et Virgile,
C'est Corneille et Boileau, Racine et Fénelon,
Bossuet, Sévigné, Pascal et Massillon;
Nos bons auteurs enfin, et tous ceux dont la gloire
A gravé pour jamais les noms dans la mémoire;
Géants dont le génie et l'immortalité
Vont toujours grandissant dans la postérité.

Oui, voilà, direz-vous, des trésors que j'envie,
Mais, pour les acquérir, c'est trop peu de la vie;
Dans ce vaste palais où l'on voit entassés
Les chefs-d'œuvre du jour et ceux des temps passés,
Devant tant de grandeurs qu'aucune autre n'efface,
Sans troubler leur repos, je m'incline et je passe;
De les connaître tous, j'aurais bien le désir,
Mais leur nombre m'effraie.—Eh bien! il faut choisir.
J'ai lu dans un vieux livre une bien vieille histoire
Que votre effroi naïf rappelle à ma mémoire;
Et si vous n'êtes pas trop las de m'écouter,
Pour finir plus gaîment, je vais vous la conter.

Un jour à Dabchelin il prit la fantaisie
D'être pour son savoir renommé dans l'Asie.
Dabchelin était roi, d'autres disent sultan,
De ce vaste pays qu'on nomme l'Indoustan.
Dans le brillant palais qu'il s'était fait construire,
Ne pouvant s'amuser : « Je veux, dit-il, m'instruire;
« Je veux que les écrits qui sont en mon pouvoir

« Me soient tous apportés, car je veux tout savoir. »

— Un roi qui dit je veux, et, quand à sa requête

On ne se soumet pas, vous fait trancher la tête,

Est sûr d'être obéi. Le jour même au palais

Entrèrent cent chameaux qui pliaient sous le faix :

Le lendemain deux cents, puis quatre cents, puis mille,

Chargés de manuscrits arrivent à la file.

—« Qu'est cela? » dit le roi. « Brahmes, vous êtes fous !

« Remportez ce fatras et lisez-le pour nous :

« Faites choix des écrits dignes de mon suffrage. »

— Cent brahmes aussitôt se mettent à l'ouvrage,

Examinent d'abord ces poëmes divers

Où sans art par milliers s'amoncellent les vers.

Sur les titres dorés dont le clinquant les charme,

Ils lisent : Un soupir !... un sanglot !... une larme !...

Là c'est la fleur des bois, là c'est la fleur des champs,

Qui du poëte en pleurs ont inspiré les chants.

Mais des brahmes jamais la science exercée

Ne peut, sous tant de mots, trouver une pensée.

On les écarte donc. Puis on passe aux écrits

De ces petits docteurs de leur savoir épris,

Qui prennent hardiment le nom de philosophe,

Mais n'en ont que l'habit, d'assez mauvaise étoffe.

Les brahmes indignés les condamnent au feu :

Comment croire à celui qui ne croit pas à Dieu?

Puis viennent à leur tour ces auteurs dont la plume

Enfante tous les mois volume sur volume,

Et qui, de la jeunesse égarant la raison,
De l'immoralité distillent le poison.
La plupart, sans pitié, sont proscrits par les brahmes.
Ce fut bien pis, vraiment, quand on en vint aux
                                        [drames!...
Combien peu par le roi méritaient d'être lus !
Tout ce qu'on en trouva fut un sur mille au plus.
Les brahmes s'endormaient rien qu'en lisant les titres.
Enfin, quand s'acheva le travail des arbitres,
Presque tous étaient morts de fatigue et d'ennui :
Dabchelin était vieux ; et lorsque devant lui
De l'Inde on apporta les trésors littéraires,
Il n'était plus besoin de mille dromadaires ;
On les mit sur le dos d'un tout petit ânon
Qui, même sous le poids, put galoper, dit-on.
Et le sage Pilpai leur dit, comme un reproche,
Qu'avec un choix mieux fait tout tiendrait dans sa
                                        [poche.

Du roi de l'Indoustan l'exemple est bon, je crois.
Ne lisez, mon enfant, que des livres de choix
Où la saine morale au talent soit unie,
La raison à l'esprit et le goût au génie.
Comme tout regarder conduit à ne rien voir,
Tout apprendre aujourd'hui mène à ne rien savoir,
Rappelez-vous l'enfant qui, se trouvant aux prises,
Seul, avec un panier tout rempli de cerises,

Des belles fit d'abord un choix judicieux.
S'il se fût arrêté, sans doute il eût fait mieux.
Comme il était gourmand, il n'en laissa pas une.
Il en mourut, hélas ! C'est une loi commune
Que, même en ses travaux comme dans ses plaisirs,
L'homme, pour être heureux, doit borner ses désirs !

MENNECHET.

NÉCESSITÉ DU TRAVAIL.

Fragment de l'Épître de Boileau à son jardinier.

Antoine, de nous deux tu crois donc, je le voi,
Que le plus occupé dans ce jardin, c'est toi !
Oh ! que tu changerais d'avis et de langage
Si deux jours seulement, libre du jardinage,
Tout à coup devenu poëte et bel esprit,
Tu t'allais engager à polir un écrit
Qui dît, sans s'avilir, les plus petites choses,
Fit, des plus secs chardons, des œillets et des roses,
Et sût même aux discours de la rusticité
Donner de l'élégance et de la dignité.

Approche donc, et viens; qu'un paresseux t'apprenne
Antoine, ce que c'est que fatigue et que peine.
L'homme, ici-bas toujours inquiet et gêné,
Est, dans le repos même, au travail condamné.
La fatigue l'y suit. C'est en vain qu'aux poëtes
Les neuf trompeuses Sœurs, dans leurs douces retraites
Promettent du repos sous leurs ombrages frais;

Dans ces tranquilles bois pour eux plantés exprès,
La cadence aussitôt, la rime, la césure,
La riche expression, la nombreuse mesure,
Sorciers dont l'amour sait tout d'abord les charmer,
De fatigues sans fin viennent les consumer.
Sans cesse poursuivant ces fugitives fées,
On voit sous les lauriers haleter les Orphées.
Leur esprit toutefois se plait dans son tourment,
Et se fait de sa peine un noble amusement.
Mais je ne trouve point de fatigue si rude
Que l'ennuyeux loisir d'un mortel sans étude,
Qui, jamais ne sortant de sa stupidité,
Soutient, dans les langueurs de son oisiveté,
D'une lâche indolence, esclave volontaire,
Le pénible fardeau de n'avoir rien à faire.
Vainement offusqué de ses pensers épais,
Loin du trouble et du bruit il croit trouver la paix.
Dans le calme odieux de sa sombre paresse,
Tous les honteux plaisirs, enfants de la mollesse,
Usurpant sur son âme un absolu pouvoir,
De monstrueux désirs le viennent émouvoir,
Irritent de ses sens la fureur endormie,
Et le font le jouet de leur triste infamie,
Puis sur leurs pas soudain arrivent les remords :
Et bientôt avec eux tous les fléaux du corps,
La pierre, la colique et les gouttes cruelles ;
Guénaud, Rainssant, Brayer (1), presque aussi triste
                                        [qu'elles
Chez l'indigne mortel courent tous s'assembler ;

(1) Fameux médecins.

Des travaux douloureux le viennent accabler ;
Sur le duvet d'un lit, théâtre de ses gênes
Lui font scier des rocs, lui font fendre des chênes,
Et le mettent au point d'envier ton emploi.
Reconnais donc, Antoine, et conclus avec moi,
Que la pauvreté mâle, active et vigilante,
Est, parmi les travaux, moins lasse et plus contente
Que la richesse oisive au sein des voluptés.
Demeure convaincu de ces deux vérités :
L'une, que le travail, aux hommes nécessaire,
Fait leur félicité plutôt que leur misère ;
Et l'autre, qu'il n'est point de coupable en repos :

BOILEAU.

L'IMMORTALITÉ.

Dans les pleurs et les cris recevoir la naissance,
Pour être des besoins l'esclave malheureux ;
Sous les bizarres lois de maîtres rigoureux,
Traîner dans la contrainte une imbécile enfance.
Avide de savoir languir dans l'ignorance ;
De plaisirs fugitifs mollement amoureux,
N'en recueillir jamais qu'un ennui douloureux ;
Payer d'un court regret une courte espérance :
Voir avec la vieillesse arriver à grands pas
Les maux avant-coureurs d'un funeste trépas ;
Longtemps avant la mort en soutenir l'image ;
Enfin, en gémissant, mourir comme on est né ;
N'est-ce que pour subir ce sort infortuné
Que le ciel aurait fait son plus parfait ouvrage ?

HOUDARD DE LA MOTTE.

POÉSIES RELIGIEUSES.

—

LA RAISON, LA RELIGION ET LA PHILOSOPHIE.

La Raison, par malheur, avait perdu la vue,
    Et, ne marchant plus qu'au hasard,
Elle tombait souvent, donnait dans maint écart.
A la Religion, dont elle était connue,
Notre aveugle inspira la plus vive pitié :
Elle vint la trouver, et d'un ton d'amitié
Elle lui dit : Je vois que, t'égarant sans cesse,
Tu t'éloignes du terme où tu dois aspirer ;
    Et comme ton sort m'intéresse,
    Pour t'empêcher de t'égarer,
Je pourrai, si tu veux, être ta conductrice.
    Mais je te préviens qu'en ce cas
Il faudra que, cessant de suivre ton caprice,
    Tu me laisses régler tes pas.
Lorsque l'on est aveugle, il faut être docile.
A cette sage loi la Raison souscrivit,
Et la fille du ciel, que pour guide elle prit,
Rendit bientôt son sort plus doux et plus tranquille.
    Mais un jour que, par accident,
    Ce guide se trouvait absent,
Elle entendit la voix de la Philosophie,
    Qui jadis était son amie,
    Et qui lui dit en l'abordant :
Que vient-on de m'apprendre ! et quelle est ta folie !

12

Tu te laisses mener, dit-on, comme un enfant,
Et la Religion te tient dans ses entraves!
Je te vois avec peine au rang de ses esclaves,
Et je viens t'affranchir de son joug accablant.
Si tu ne vois pas bien, et s'il te faut des guides,
Moi je t'en donnerai qui seront moins rigides,
     Et qui, ne te gênant pas tant,
Te laisseront agir et marcher librement.
   En lui faisant ces promesses perfides,
     La belle ne la trompa pas ;
Car elle lui donna, pour diriger ses pas,
La licence, l'orgueil, les passions, le vice.
Mais, plus aveugles qu'elle, hélas! ces conducteurs,
     La traînant d'erreurs en erreurs,
La firent aboutir au fond d'un précipice
     Où se trouvaient tous les malheurs,
     Enfants du délire et du crime.
     Alors notre pauvre Raison
Voit que de l'imposture elle était la victime;
     Et, maudissant la trahison
     De sa fausse et cruelle amie,
Pour réparer les maux de la Philosophie,
Elle adresse ses vœux à la Religion.
La fille sainte vient, l'encourage, l'anime,
L'aide, lui tend la main, la tire de l'abîme,
Et devient son appui, sa consolation.
Ah! lui dit la Raison, de douleur pénétrée,

Mes maux et mes erreurs m'ont enfin éclairée ;
Et, je le reconnais avec confusion,
  Si je me suis tant égarée,
Si mes honteux écarts m'ont tant déshonorée,
C'est que j'ai méprisé tes conseils et ta loi.
Mais, puisque par tes soins ma faute est réparée,
Jamais je n'aurai plus d'autre guide que toi.
Voulons-nous éviter les malheurs et les crimes
Où la Philosophie entraîna la Raison,
Fermons toujours l'oreille à ses fausses maximes,
N'écoutons que la voix de la Religion.

L'abbé PEYRE.

DIEU.

Cet astre universel, sans déclin, sans aurore,
C'est Dieu, c'est ce grand tout qui soi-même s'adore !
Il est ; tout est en lui : l'immensité, les temps,
De son être infini sont les purs éléments ;
L'espace est son séjour, l'éternité son âge ;
Le jour est son regard, le monde est son image ;
Tout l'univers subsiste à l'ombre de sa main ;
L'être à flots éternels découlant de son sein,
Comme un fleuve nourri par cette source immense,
S'en échappe, et revient finir où tout commence.

Sans bornes comme lui, ses ouvrages parfaits
Bénissent en naissant la main qui les a faits !
Il peuple l'infini chaque fois qu'il respire;
Pour lui, vouloir c'est faire, exister c'est produire !
Tirant tout de soi seul, rapportant tout à soi,
Sa volonté suprême est sa suprême loi !
Mais cette volonté, sans ombre et sans faiblesse,
Est à la fois puissance, ordre, équité, sagese.
Sur tout ce qui peut être, il l'exerce à son gré;
Le néant jusqu'à lui s'élève par degré;
Intelligence, amour, force, beauté, jeunesse,
Sans s'épuiser jamais, il peut donner sans cesse,
Et, comblant le néant de ces dons précieux,
Des derniers rangs de l'être il peut tirer des dieux !
Mais ces dieux de sa main, ces fils de sa puissance,
Mesurent d'eux à lui l'éternelle distance,
Tendant par leur nature à l'être qui les fit;
Il est leur fin à tous, et lui seul leur suffit !
. . . .

Voilà ! voilà le Dieu que tout esprit adore
Qu'Abraham a servi, que rêvait Pythagore,
Que Socrate annonçait, qu'entrevoyait Platon;
Ce Dieu que l'univers explique à la raison,
Que la justice attend, que l'infortune espère
Et que le Christ enfin vint montrer à la terre.

De Lamartine.

La Foi.

Heureux, oh! bien heureux qui, dans un jour d'ivresse,
A pu faire au Seigneur le don de sa jeunesse,
Et qui, prenant la foi comme un bâton noueux,
A gravi, loin du monde, un sentier sinueux!
Heureux l'homme isolé qui met toute sa gloire
Au bonheur ineffable, au seul bonheur de croire!...
Il a, sans la chercher, la parfaite beauté,
Et les trésors divins de la sérénité;
Puis, il voit devant lui sa vie immense et pleine
Comme un pieux soupir s'écouler d'une haleine;
Et, lorsque sur son front la mort pose ses doigts,
Les anges près de lui descendent à la fois;
Au sortir de sa bouche, ils recueillent son âme,
Et, croisant par-dessus leurs deux ailes de flamme,
L'emportent toute blanche au céleste séjour,
Comme un petit enfant qui meurt sitôt le jour.

AUGUSTE BARBIER.

A un Nouveau-Né.

I

C'est aujourd'hui ton saint baptême,
Heureux enfant!
De l'originel anathème
Il te défend.

Ton aveugle raison l'ignore,
Bouton fermé
Qu'on arrose et qui doit éclore
Tout parfumé.

À ta mère, joyeux de naître,
Tu tends les bras ;
Bientôt, venant à la connaître,
Tu l'aimeras ;

Plus tard, ouvrant ton aile blonde,
Jeune vainqueur,
Tu t'échapperas dans le monde
L'espoir au cœur.

II

Le monde est grand, et l'âme humaine
Plus grande encor ;
Elle a l'infini pour domaine,
Dieu pour trésor ;

Aux flots troublés elle s'abreuve
Un seul été,
Puis, après la rapide épreuve,
L'éternité !

L'éternité, gouffre des âmes
Où tout se fond ;
Fleuve de lumière... ou de flamme
Sans bords ni fond ;

Des intarissables délices
    Centre divin,
Ou cercle immense de supplices
    Tournant sans fin,

Selon qu'on a suivi la route
    De l'humble foi,
Ou l'oblique sentier du doute
    Ivre de soi ;

Selon qu'en passant sur la terre
    On a marché
Avec la vertu salutaire
    Ou le péché,

Selon qu'on a trempé sa vie
    De charité,
Ou qu'on eut de peine et d'envie
    Le cœur gâté;

Selon qu'on vit à notre table
    Le pauvre admis,
Ou notre vengeance intraitable
    Aux ennemis.

Ne voyons que la différence
    Du mal au bien,
Et non la joie et la souffrance
    Qui ne sont rien;

Car, au sein de la nuit suprême
    Quand nous tombons,
Un cri descend, pour tous le même :
    Fûtes-vous bons ?

III

Cependant, par l'eau du baptême
    Le front lavé,
De l'originel anathème
    Enfant sauvé,

Reprends les baisers de ta mère,
    Son lait aussi ;
Joue et souris. — La coupe amère
    Est loin d'ici. —

Enfant, pour rester sous sa garde
    Et dans sa loi,
Lorsque tes yeux verront, regarde
    Autour de toi !

ÉMILE DESCHAMPS.

L'ANGE GARDIEN.

Dieu se lève, et soudain sa voix terrible appelle
De ses ordres secrets un ministre fidèle,
Un de ces esprits purs qui sont chargés par lui
De servir aux humains de conseil et d'appui,

De lui porter leurs vœux sur leurs ailes de flamme,
De veiller sur leur vie et de garder leur âme.
Tout mortel a le sien : cet ange protecteur,
Cet invisible ami veille autour de son cœur,
L'inspire, le conduit, le relève s'il tombe,
Et portant dans les cieux son âme entre ses mains,
La présente en tremblant au juge des humains.
C'est ainsi qu'entre l'homme et Jéhovah lui-même,
Entre le pur néant et la grandeur suprême,
D'êtres inaperçus une chaîne sans fin
Réunit l'homme à l'ange et l'ange au séraphin ;
C'est ainsi que peuplant l'étendue infinie,
Dieu répandit partout l'esprit, l'âme et la vie.

LAMARTINE.

ODE A L'ÉTERNEL.

Être infini que l'homme adore,
Qu'il sent et ne peut concevoir !
Soleil sans déclin, sans aurore,
Que l'esprit seul fait entrevoir !
De ton immortelle lumière
J'ose du sein de la poussière,
Contempler les traits ravissants ;
Agrandis, élève mon âme,
Et qu'un pur rayon de ta flamme
Anime, échauffe mes accents !

Qui peut sonder ton origine ?
Des temps tu précédas le cours.
Par toi-même, essence divine,
Tu fus et tu seras toujours.
Quand des ans tout subit l'outrage,
Sur l'abîme où rien ne surnage
Tu demeures fixe et constant,
Et, dans leur marche mesurée,
Tous les siècles à ta durée
N'ajoutent pas un seul instant.

Auteur de tout ce qui respire,
Tout est plein de ta majesté :
Point de limite à ton empire ;
Ton empire est l'immensité.
D'un seul regard ton œil embrasse
Le vaste océan de l'espace,
Trop borné pour te contenir ;
Et devant elle ta pensée,
Au delà des temps élancée,
Fait comparaître l'avenir.

Dans ton sein le germe de l'être
Dormait de toute éternité ;
Et l'univers entier, pour naître,
N'attendait que ta volonté.
Tu dis, et le flambeau du monde,
Chassant l'obscurité profonde,

Commença le cours des saisons :
Ton souffle, animant la matière
Sur sa masse informe et grossière
Versa les fleurs et les moissons.

Tu dis au ver, caché sous l'herbe
Sois obscur, ramper est ta loi;
Au lion farouche et superbe :
Des déserts tu seras le roi :
A l'aigle : l'air est ton domaine
Que de ton aile souveraine
L'audace étonne les humains !
Tu dis à l'homme, ton image :
La raison, voilà ton partage;
Sois le chef-d'œuvre de mes mains.

Quand du soleil l'avant-courrière
Au monde annonce la clarté,
Je vois, dans sa douce lumière,
Le sourire de ta bonté.
A l'aspect du jour, la nature
M'offre, dans sa riche parure,
De tes dons l'éclat somptueux;
Et dans l'ombre de la nuit même
Brille à mes yeux le diadème,
Qui ceint ton front majestueux.

Cessez de créer des fantômes,
Mortels aveugles ou pervers,

Qui, combinant de vains atomes,
Osez m'expliquer l'univers.
Me direz-vous en quelle source
L'astre du jour, ouvrant sa course,
De ses feux puisa les torrents?
Quel pouvoir lui marqua sa route?
Quel bras à la céleste voûte
Suspendit ces mondes errants?

De l'infini sonde l'abîme,
Athée, esprit audacieux;
Prends ton essor; d'un vol sublime
Parcours l'immensité des cieux;
Interroge, au sein de l'espace,
Ces corps radieux dont la masse
Roule dans un cercle enflammé:
Qu'ils parlent... Mais, pour te confondre,
A ces témoins peux-tu répondre?...
C'est un Dieu qu'ils ont proclamé.

Oui, d'une cause universelle
Partout éclatent les effets.
Partout, providence éternelle,
Tu te montres dans tes bienfaits.
Qui pourrait nier ta puissance?
De toi découle l'existence;
Le néant conçut à ta voix.
Au-dessus des cieux et des âges,

Tranquille tu vois tes ouvrages
Suivre tes immuables lois.

Ma gloire est d'invoquer ton être;
Et mon bonheur, de te bénir.
Si je suis né pour te connaître,
Qui suis-je pour te définir?
En vain l'intelligence humaine
De sa lueur pâle, incertaine,
S'efforcerait de m'éclairer.
A mon cœur tu te fais entendre :
Qu'ai-je besoin de te comprendre,
Quant tout me dit de t'adorer?

LEVAVASSEUR.

PUISSANCE DE DIEU

Révélée par les merveilles de la Création.

Oui, c'est un Dieu caché que le Dieu qu'il faut croire;
Mais, tout caché qu'il est, pour révéler sa gloire
Quels témoins éclatants devant moi rassemblés!
Répondez, cieux et mers; et vous, terre, parlez.
Quel bras peut vous suspendre, innombrables étoiles?
Nuit brillante, dis-nous qui t'a donné tes voiles?
O cieux, que de grandeur, et quelle majesté!

13

J'y reconnais un maître à qui n'a rien coûté,
Et qui dans nos déserts a semé la lumière,
Ainsi que dans nos champs il sème la poussière.
Toi qu'annonce l'aurore, admirable flambeau,
Astre toujours le même, astre toujours nouveau,
Par quel ordre, ô soleil! viens-tu du sein de l'onde
Nous rendre les rayons de ta clarté féconde?
Tous les jours je t'attends, tu reviens tous les jours;
Est-ce moi qui t'appelle et qui règle ton cours?
Et toi dont le courroux veut engloutir la terre,
Mer terrible, en ton lit quelle main te resserre?
Pour forcer ta prison, tu fais de vains efforts,
La rage de tes flots expire sur tes bords.
Fais sentir ta vengeance à ceux dont l'avarice
Sur ton perfide sein va chercher son supplice.
Hélas! près de périr, t'adressent-ils leurs vœux?
Ils regardent le ciel, secours des malheureux.
La nature qui parle en ce péril extrême,
Leur fait lever les mains vers l'asile suprême :
Hommage que toujours rend un cœur effrayé
Au Dieu que jusqu'alors il avait oublié.

La voix de l'univers à ce Dieu me rappelle.
La terre le publie : « Est-ce moi, me dit-elle,
« Est-ce moi qui produis mes riches ornements?
« C'est celui dont la main posa mes fondements.
« Si je sers tes besoins, c'est lui qui me l'ordonne
« Les présents qu'il me fait, c'est à toi qu'il les donne: »

« Je me pare des fleurs qui tombent de sa main ;
« Il ne fait que l'ouvrir et m'en remplit le sein. »

L. RACINE.

INVOCATION A DIEU.

Tandis que le sommeil réparant la nature
    Tient enchaînés le travail et le bruit,
Nous rompons ses liens, ô clarté toujours pure,
    Pour te louer dans la profonde nuit.

Que dès notre réveil notre voix te bénisse ;
    Qu'à te chercher notre cœur empressé
T'offre ses premiers vœux ; et que par toi finisse
    Le jour par toi saintement commencé.

L'astre dont la présence écarte la nuit sombre
    Viendra bientôt recommencer son tour :
O vous, noirs ennemis qui vous glissez dans l'ombre,
    Disparaissez à l'approche du jour.

Nous t'implorons, Seigneur ; tes bontés sont nos armes,
    De tout péché rends-nous purs à tes yeux ;
Fais que t'ayant chanté dans ce séjour de larmes,
    Nous te chantions dans le repos des cieux !

J. RACINE.

Un Jour de Bonheur

Ou la première Communion.

Que vous êtes dignes d'envie
Petits anges que Dieu convie
Au doux banquet de son amour !
Livrez-vous aux transports d'une pieuse ivresse.
  Mais pour ces trésors de tendresse,
Enfants, qu'aurez-vous donc à donner en retour ?

Le Dieu qui vient à vous sous vos traits prit naissance,
  Pour vous il a daigné mourir ;
  Il veut aujourd'hui vous nourrir ;
Dites : Quelle sera votre reconnaissance ?

Les saints tremblent devant sa triple majesté ;
Le monde n'est qu'un point pour son immensité ;
Il fit en se jouant et le ciel et la terre.
Son nom, c'est l'Infini ; son temps, l'Éternité ;
Et ce Dieu vient à vous, ô prodige ! ô mystère !

Le voilà, c'est lui-même ; enfants, levez les yeux,
Son regard vous sourit et sa voix vous appelle
  Pour vous il entr'ouvre les cieux.
Allez, ne craignez rien ; c'est aux enfants pieux
  Qu'il s'abandonne et se révèle.

  Quand il sera tout près de vous,
Donnez un libre cours aux pleurs qu'il fait répandre,

C'est un ami saint et jaloux ;
Jusqu'au fond de vos cœurs, ah ! laissez-le descendre ;
Et pour lui faire votre cour,
Ne lui dites qu'un mot, enfants, un mot d'amour :
Le reste, il saura le comprendre.

Vous êtes bien petits pour un hôte si grand,
Avez-vous conservé du moins votre innocence ?
Voyez pour tant de mal quel prix ce Dieu vous rend,
Et quelle est sa tendresse et sa munificence !

Il est en vous ce doux vainqueur :
Il vous parle, écoutez son sublime langage ;
Et s'il veut à son tour vous demander un gage,
Enfants, donnez-lui votre cœur.
Votre cœur, c'est bien peu, mais c'est ce qu'il demande,
Donnez-le donc et sans retour ;
Et priez bien surtout ; priez pour qu'il le rende
Plus digne de lui chaque jour !

M.-A. DEVOILLE.

L'EUCHARISTIE.

..... C'est ta voix qui m'appelle à cette heure ;
Entre donc, ô mon Dieu, dans ma pauvre demeure :
Entre puisque, Seigneur, malgré ta majesté,
Tu n'en dédaignes pas la triste nudité.
Les fleurs dont tu te plais à la voir embaumée,

L'innocence et l'amour ne l'ont point parfumée ;
Hélas ! ces fleurs du ciel que je voudrais t'offrir,
Dans ce stérile cœur ne savent point fleurir !
Seigneur, ma pauvreté te paraît tout entière ;
Pour salut je ne puis t'offrir qu'une prière ;
Et lorsque dans mon sein je veux te recevoir,
Jusqu'à l'encens lui-même, il te faut tout devoir.
Il faut te demander l'humble reconnaissance,
Et le désir ardent qui près de toi s'élance,
Et le céleste feu qui me doit enflammer,
Te mendier enfin la force de t'aimer...

Te voici ! j'entendrai ta voix pleine de charmes,
Sur tes pieds adorés je verserai des larmes ;
Ma bouche baisera ce sein, ce noble flanc
Qui pour nous épuisa tout son généreux sang.
Mais sur le bois sanglant qui les a retenues,
Tes mains, tes saintes mains ne sont plus étendues ;
Étends-les donc vers moi : que sur ton cœur blessé,
Je reste, ô mon Jésus, longuement embrassé.
Ah ! par ce bonheur pur, ma joie et mon délice,
A ces embrassements que rien ne me ravisse,
Quand mes yeux te verront, à leur dernier réveil,
Paraître, mais grand Dieu ! dans quel autre appareil !
Qu'en ce jour redoutable, où tu seras mon juge,
Mon hôte d'ici-bas soit encor mon refuge ;
Qu'il ne délaisse pas sans soutien, sans appui,

Celui que sa bonté visitait aujourd'hui !
Eh quoi ! je m'entendrais condamner par la bouche
Dont la voix à présent me ravit et me touche !
Ces doux regards, Seigneur, qui m'attiraient vers toi,
Enflammés de courroux, s'éloigneraient de moi !
Quoi, Jésus ! détournant ta glorieuse face ;
Toi-même, de tes mains, source de toute grâce,
Sans me laisser d'espoir, m'indiquerais le lieu
Où des jours éternels se passent loin de Dieu !
Non, qu'en ce jour encor, je trouve en toi mon frère !
Qui connut ton amour redoute ta colère ;
Et de tant de bontés le cœur doit trop souffrir
Quand il faut, loin de toi, Seigneur, s'en souvenir !
Grâces à toi, j'en veux conserver la mémoire,
Non pas pour mon malheur, mais pour t'en rendre
                                          [gloire.
A toi, qui veux donner, Dieu bon, Dieu généreux,
Pour l'hospitalité d'un cœur celle des cieux.

                              DUCROS DE SIXT.

JOIES DU CIEL.

. . . .

Or, l'Esprit incliné sur mon pâle visage
Me peignait de l'Éden le riant paysage :
« Quel bonheur, disait-il, d'être un beau séraphin,
D'avoir la face blanche et six ailes d'or fin !

Quel bonheur d'être un ange; et, comme l'hirondelle,
De se rouler par l'air au caprice de l'aile,
De monter, de descendre et de voiler son front,
Quand parfois, au détour d'un nuage profond,
Comme un maître, le soir, qui parcourt son domaine,
On voit le pied de Dieu qui traverse la plaine.

Quel bonheur ineffable et quelle volupté
D'être un rayon vivant de la Divinité!
De voir du haut du ciel et de ses voûtes rondes
Reluire sous ses pieds la poussière des mondes;
D'entendre, à chaque instant de leurs brillants réveils,
Chanter comme un oiseau des milliers de soleils ! »
. . . .
Puis il me prononçait le beau nom de Marie,
Nom que j'aime d'enfance avec idolâtrie,
Le plus doux qui, tombé des montagnes du ciel,
Sur une lèvre humaine ait répandu son miel ;
Nom céleste, créé du sourire des anges
Pour en parer un jour la fleur de leurs phalanges,
Marie, ô nom divin ! étoile du pécheur,
Rose du paradis, baume plein de fraîcheur,
Qui parfume le monde et qui révèle aux âmes
La femme la plus belle entre toutes les femmes !

Alors, à ce doux nom, je croyais voir soudain
S'entr'ouvrir à nos yeux le céleste jardin;

Je croyais voir au cœur de son troupeau de saintes,
De ses enfants vêtus de lis et d'hyacinthes,
Et de ses beaux vieillards, la reine du saint lieu,
Avec son voile blanc et son grand manteau bleu,
Marie, aux pieds du Christ, dans sa pose modeste,
Relevant vers le ciel sa paupière céleste,
Et regardant son Fils avec un tendre amour,
Comme craignant encor de le reperdre un jour.

Auguste Barbier.

Des Devoirs envers Dieu.

C'est Dieu qui fit le monde, et la terre et les cieux ;
C'est lui qui nous a faits ; nous sommes sous ses yeux ;
C'est lui qui chaque jour soutient notre existence.
Comment payer ses dons ? Par la reconnaissance.

Mon Dieu, pour être heureux tu m'as mis sur la terre ;
Tu sais, bien mieux que moi, quels sont mes vrais
[besoins ;
Donne-moi les vertus qu'il me faut pour te plaire :
Le cœur de ton enfant s'en rapporte à tes soins.

Heureux qui met en Dieu toute son espérance !
On a toujours besoin d'implorer sa bonté.
Il nous consolera dans les jours de souffrance,
Si nous l'avons servi dans la prospérité.

Dieu voit tout, est partout. On a beau se cacher,
A son œil pénétrant on ne peut se soustraire.
Quand on pèche en secret, ce n'est pas moins pécher;
A l'éternel témoin gardons-nous de déplaire.

Le comte Morel de Vindé.

COMBIEN DIEU MÉRITE D'ÊTRE AIMÉ D'UN AMOUR DE PRÉFÉRENCE.

FIRMIN.

Hélas ! notre cœur est si tendre,
Pour tant d'objets flatteurs on le voit enflammé,
Comment donc se peut-il défendre
D'aimer un Dieu si digne d'être aimé ?

ALEXIS.

Dieu de bonté, maître fidèle,
Qui n'afflige nos cœurs que pour les attirer,
Pourquoi résistons-nous quand ta voix nous appelle?
On craint de te connaître, on aime à s'égarer.

FÉLIX.

Heureux celui qui dès l'enfance
A vécu soumis à tes lois !
Dès cette vie un si beau choix
Ne fut jamais sans récompense.
Ah ! Seigneur, effacez du nombre de mes jours,

Ces jours que je voudrais effacer par mes larmes,
Ces jours où le plaisir m'attirant par ses charmes
Me fit de votre grâce interrompre le cours.

  Que mon erreur était extrême !
Toujours en vains désirs prêt à me consumer,
Je voulais vivre heureux sans vouloir vous aimer,
Et cherchais hors de vous ce qui n'est qu'en vous-
          [même.

  Honteux de mon égarement,
Je me suis rengagé sous votre aimable empire :
Plutôt que d'en sortir, même pour un moment,
  Seigneur, ordonnez que j'expire.
Un chrétien vit assez s'il meurt en vous aimant.

HIPPOLYTE.

Le héros enivré de l'amour de la gloire
Ne compte que les jours marqués par la victoire.
Le mondain qui se livre en esclave aux plaisirs
Compte les seuls moments qui flattent ses désirs.
Tout aveugle mortel, pour nombrer les années,
Ne suit que les saisons l'une à l'autre enchaînées ;
La règle d'un chrétien, pour mesurer le temps,
Ce ne sont ni les jours, ni les mois, ni les ans :
Sa vie, abandonnée au cours de la nature,
Pour principe a la grâce et l'amour pour mesure.

VICTORIN.

Grand Dieu ! c'est ta bonté qui prolonge nos jours ;

C'est par ton ordre que la vie
Nous est conservée ou ravie;
Tu règles notre sort, règle aussi nos amours!

Le P. Porée.

RÉFLEXIONS CHRÉTIENNES SUR LE CHANT DES OISEAUX.

Que chantez-vous, petits oiseaux?
Je vous regarde et vous écoute.
C'est Dieu qui vous a faits si beaux :
Vous le chantez sans doute.

Son nom vous anime en ces bois :
Vous n'en célébrez jamais d'autre.
Faut-il que mon ingrate voix
N'imite pas la vôtre?

Vos airs si tendres et si doux
Lui rendent tous les jours hommage.
Je le bénis bien moins que vous
Et lui dois davantage.

Le P. de Latour.

ANGES.

A l'ange au regard bleu qui s'assied à ma droite
Je dis : « Que faut-il faire en cette vie étroite,

« Au milieu des ennuis humains et des débats,

« Pour que j'aie à mes pieds une route sans pierre? »

Et l'ange me répond, sa bouche à ma paupière :

« Prier le jour, prier le soir, prier tout bas! »

A l'ange dont le bras sur mon oreiller pose,

Je dis : « Que faire encor pour que l'âme repose

« Et traverse sans fiel la vie au bruit moqueur,

« Pour que de longs soucis mon front calme se joue? »

Et l'ange me répond, sa bouche sur ma joue :

« Ouvrir la bourse, ouvrir la main, ouvrir le cœur. »

A l'ange mon gardien qui m'aime et me ressemble,

Je dis : « Que faire encor pour que Dieu nous ras-

[semble,

« Pour que toujours je t'aie au sommet de ma cou-

[che? »

Et l'ange me répond, sa bouche sur ma bouche :

« Aimer ton père, aimer ta mère, aimer ton Dieu. »

A l'ange du Seigneur dont l'œil pur me regarde,

Je dis : « A toi toujours, à toi ma sainte garde!

« Car ma bourse est au pauvre et l'aumône est ma loi;

« Car j'aime Dieu, mon père et ma mère, et je prie! »

Et l'ange me répond avec sa voix chérie :

« Merci pour toi, merci pour Dieu, merci pour moi. »

Henri Chevreau et Laurent Pichat.

L'Ange gardien.

Quand au seuil de la vie arrive un pauvre enfant,
On dit qu'un pur esprit, une âme fraternelle,
Saint transfuge des cieux, vient à lui, triomphant,
S'assied à ses côtés, le couvre de son aile,
Et veillant nuit et jour, divine sentinelle,
Contre tous les dangers l'abrite et le défend ;

Je crois avec bonheur à ce touchant mystère :
Protége, ange du ciel, cet ange de la terre !

De sa première aurore à son dernier soleil,
Que sa course soit longue ou sa vie éphémère,
Cet ange est son ami, son guide, son conseil.
Il s'unit à sa joie, à sa douleur amère ;
Il l'endort, souriant, dans les bras de sa mère,
Et de songes divins enchante son sommeil.

Je crois avec bonheur à ce touchant mystère :
Protége, ange du ciel, cet ange de la terre !

Il grandit, il est fort ; il marchera demain.
Il s'essaie, et, joyeux au premier pas qu'il tente,
Il croit sentir l'appui d'une invisible main,
Il croit sentir une âme autour de lui flottante ;
C'est l'ange qui le suit dans sa marche hésitante,
Et sous ses petits pieds aplanit le chemin.

Je crois avec bonheur à ce touchant mystère :
Protége, ange du ciel, cet ange de la terre !

Comme un clavier résonne et parle sous les doigts,
Sous le souffle divin, au jour marqué, s'éveille
L'enfant, clavier vivant où sommeillait la voix.
On répétait en vain des mots à son oreille :
L'ange sur son berceau se penche et le conseille;
L'enfant les dit alors pour la première fois.

Je crois avec bonheur à ce touchant mystère :
Protége, ange du ciel, cet ange de la terre !

Doux envoyé de Dieu, hôte de ma maison,
Conduis ce cher enfant; aux rayons de ta flamme,
Illumine son cœur et mûris sa raison.
S'il souffre, sur ses maux verse comme un dictame
Les promesses d'en haut qui guérissent notre âme,
Et d'un plus doux soleil dore son horizon !

Je crois avec bonheur à ce touchant mystère :
Protégé, ange du ciel, cet ange de la terre !

Auguste Desportes.

BIENFAITS DE DIEU.

Tout l'univers est plein de sa magnificence :
Qu'on l'adore ce Dieu, qu'on l'invoque à jamais !

Le jour annonce au jour sa gloire et sa puissance.
Chantons, publions ses bienfaits.

Il donne aux fleurs leur aimable peinture ;
Il fait naître et mûrir les fruits ;
Il leur dispense avec mesure
Et la chaleur des jours et la fraîcheur des nuits ;
Le champ qui les reçut les rend avec usure.

Il commande au soleil d'animer la nature,
Et la lumière est un don de ses mains ;
Mais sa loi sainte, sa loi pure
Est le plus riche don qu'il ait fait aux humains.

J. RACINE.

INVOCATION A L'ESPRIT-SAINT.

Qu'entends-je, juste ciel, et par quelle merveille,
Pour me toucher le cœur, me frappes-tu l'oreille ?
Souffle doux et sacré qui me viens enflammer,
Esprit-Saint et divin qui me viens animer,
Et qui me souhaitant, m'inspires le courage,
Travaille à mon salut, achève ton ouvrage,
Guide mes pas douteux dans le chemin des cieux,
Et pour me les ouvrir dessille-moi les yeux !

ROTROU.

ON EST INÉBRANLABLE QUAND ON A DIEU POUR APPUI.

Que tout l'effort, tout l'art, toute l'adresse humaine
S'unisse pour ma perte et conspire à ma peine :
Celui qui d'un seul mot créa chaque élément,
Leur donnant l'action, le poids, le mouvement,
Et prêtant son concours à ce fameux ouvrage,
Se retint le pouvoir d'en suspendre l'usage.
Le feu ne peut brûler, l'air ne saurait mouvoir
Ni l'eau ne peut couler qu'au gré de son pouvoir;
Le fer, solide sang des veines de la terre,
Et fatal instrument des fureurs de la guerre,
S'émousse s'il l'ordonne, et ne peut pénétrer
Où son pouvoir s'oppose et lui défend d'entrer.
Si César m'est cruel, Dieu me sera prospère;
Par son soin tous les jours la rage des tyrans
Croit faire des vaincus et fait des conquérants.

LE MÊME.

EXHORTATION A UN ATHLÈTE DE JÉSUS-CHRIST.

Cours, généreux athlète, en l'illustre carrière
Où de la nuit du monde on passe à la lumière;
Cours, puisqu'un Dieu t'appelle au pied de son autel,
Dépouiller sans regret l'homme infirme et mortel;
N'épargne point ton sang en cette sainte guerre;

Prodigues-y ton corps, rends la terre à la terre,
Et redonnes à Dieu qui sera ton appui,
La part qu'il te demande et que tu tiens de lui;
Fuis sans regret le monde et ses fausses délices;
Où les plus innocents ne sont point sans supplices,
Dont le plus ferme état est toujours inconstant,
Dont l'être et le non-être ont presqu'un même instant,
Et pour qui toutefois la nature aveuglée
Inspire à ses enfants une ardeur déréglée,
Qui les fait si souvent, au péril du trépas,
Suivre la vanité de ses trompeurs appas.
Ce qu'un siècle y produit, un moment le consomme,
Porte les yeux plus haut, Adrien, parais homme :
Combats, souffre et t'acquiers, en mourant en chrétien,
Par un moment de mal l'éternité d'un bien.

Le même.

IL NE FAUT POINT QU'UN CHRÉTIEN SE PRÉOCCUPE TROP
EN MOURANT DE CE QU'IL LAISSE AUX SIENS

Quoi! le vol que tu prends vers les célestes plaines
Souffre encor tes regards sur les choses humaines?
Si dépouillé du monde et si près d'en partir,
Tu peux parler en homme et non pas en martyr?
Qu'un si faible intérêt [1] ne te soit point sensible;

[1] La perte de sa fortune confisquée.

Tiens au ciel, tiens à Dieu d'une force invincible;
Conserve-moi ta gloire, et je me puis vanter
D'un trésor précieux que rien ne peut m'ôter.
Une femme possède une richesse extrême,
Qui possède un époux possesseur de Dieu même.

IL FAUT TOUT SACRIFIER POUR DIEU.

Quelque effort qui s'oppose à l'ardeur qui m'enflamme,
Les intérêts du corps cèdent à ceux de l'âme.
Déployez vos rigueurs, brûlez, coupez, tranchez,
Mes maux seront encor moindres que mes péchés.
Je sais de quel repos cette peine est suivie;
Et ne crains point la mort qui conduit à la vie.
J'ai souhaité longtemps d'agréer à vos yeux;
Aujourd'hui je veux plaire à l'empereur des cieux;
Je vous ai divertis, j'ai chanté vos louanges;
Il est temps maintenant de réjouir les anges,
Il est temps de prétendre à des prix immortels,
Il est temps de passer du théâtre [1] aux autels.

LE MÊME.

DIEU CONSOLE ET SOUTIENT CEUX QUI SOUFFRENT POUR LUI.

Par quelle divine aventure,
Sensible et sainte volupté,

[1] Saint-Genest était acteur.

Essai de la gloire future,
Incroyable félicité ;
Par quelles bontés souveraines,
Pour confirmer nos saints propos,
Et nous conserver le repos,
Sous le lourd fardeau de nos chaînes,
Descends-tu des célestes plaines
Dedans l'horreur de nos cachots ?

O fausse volupté du monde,
Vaine promesse d'un trompeur !
Ta bonace [1] la plus profonde
N'est jamais sans quelque vapeur ;
Et mon Dieu, dans la peine même
Qu'il veut que l'on souffre pour lui,
Quand il daigne être notre appui
Et qu'il reconnaît que l'on l'aime,
Influe une douceur suprême
Sans mélange d'aucun ennui.

Pour lui la mort est salutaire,
Et par cet acte de valeur
On fait un bonheur volontaire
D'un inévitable malheur.
Nos jours n'ont pas une heure sûre ;
Chaque instant use leur flambeau ;
Et l'art imitant la nature,

[1] Terme de marine, calme, tranquillité.

Bâtit d'une même figure
Notre bière et notre berceau.

Mourons donc, la cause y convie;
Il doit être doux de mourir
Quand se dépouiller de la vie
Est travailler pour l'acquérir.
Puisque la céleste lumière
Ne se trouve qu'en la quittant
Et qu'on ne vainc qu'en combattant,
D'une vigueur mâle et guerrière
Courons au bout de la carrière
Où la couronne nous attend.

Rotrou (Saint-Genest).

Il faut aimer Dieu par-dessus toutes choses.

Nous pouvons tout aimer, il le souffre, il l'ordonne,
Mais à vous dire tout, ce Seigneur des seigneurs
Veut le premier amour et les premiers honneurs.
Comme rien n'est égal à sa grandeur suprême,
Il ne faut rien aimer qu'après lui, qu'en lui-même,
Négliger pour lui plaire et femme, et biens, et rang,
S'exposer pour sa gloire et verser tout son sang.

P. Corneille.

Embuches du Démon.

Ainsi du genre humain l'ennemi vous abuse :
Ce qu'il ne peut de force, il l'entreprend de ruse ;
Jaloux des bons desseins qu'il tâche d'ébranler,
Quand il ne les peut rompre, il pousse à reculer ;
Il met tout en usage, et prière et menace ;
Il attaque toujours et jamais ne se lasse ;
Il croit pouvoir enfin ce qu'encore il n'a pu,
Et que ce qu'on diffère est à demi rompu.

P. Corneille.

Vanité des Voluptés Terrestres.

Source délicieuse, en misères féconde,
Que voulez-vous de moi, flatteuses voluptés ?
Honteux attachements de la terre et du monde,
Que ne me quittez-vous quand je vous ai quittés !
Allez, honneurs, plaisirs, qui me livrez la guerre,
    Toute votre félicité,
    Sujette à l'instabilité,
    En moins de rien tombe par terre ;
    Et comme elle a l'éclat du verre,
    Elle en a la fragilité.

Ainsi n'espérez pas qu'après vous je soupire,
Vous étalez en vain vos charmes impuissants ;

Vous me montrez en vain par tout ce vaste empire
Les ennemis de Dieu pompeux et florissants,
Il étale à son tour des revers équitables
 Par qui les grands sont confondus,
 Et les glaives qu'il tient pendus
 Sur les plus fortunés coupables
 Sont d'autant plus inévitables
 Que leurs coups sont moins attendus.

Saintes douceurs du ciel, adorables idées,
Vous remplissez un cœur qui vous peut recevoir ;
De vos sacrés attraits, les âmes possédées
Ne-conçoivent plus rien qui les puisse émouvoir.
Vous promettez beaucoup et donnez davantage :
 Vos biens ne sont point inconstants,
 Et l'heureux trépas que j'attends
 Ne vous sert que d'un doux passage
 Pour nous introduire au partage
 Qui nous rend à jamais contents.

LE MÊME.

ACTE DE FOI.

Je n'adore qu'un Dieu, maître de l'univers,
Sous qui tremblent le ciel, la terre et les enfers ;
Un Dieu qui nous aimant d'une amour infinie

Voulut mourir pour nous avec ignominie,
Et qui, par un effort de cet excès d'amour,
Veut pour nous en victime être offert chaque jour.

P. CORNEILLE.

LE CIEL DOIT ÊTRE LA SEULE AMBITION DU CHRÉTIEN.

Ils n'aspirent [1] enfin qu'à des biens passagers,
Que troublent les soucis, que suivent les dangers;
La mort nous les ravit, la fortune s'en joue;
Aujourd'hui sur le trône et demain dans la boue,
Et leur plus haut éclat fait tant de mécontents,
Que peu de nos Césars en ont joui longtemps.
J'ai de l'ambition, mais plus noble et plus belle;
Cette grandeur périt, j'en veux une immortelle,
Un bonheur assuré, sans mesure et sans fin,
Au-dessus de la vie, au-dessus du destin.
Est-ce trop l'acheter que d'une triste vie,
Qui tantôt, qui soudain, me peut être ravie;
Qui ne me fait jouir que d'un instant qui fuit,
Et ne peut m'assurer de celui qui le suit?

P. CORNEILLE.

1 Les enfants du siècle.

Le Fruit de la Douleur.

Sur le versant pierreux d'un plateau du Midi,
Respirant le soleil d'un hiver attiédi,
J'errais en longs détours; les collines désertes
D'arbustes odorants étaient au loin couvertes.
Promeneur attentif au plus humble arbrisseau,
J'évitais en marchant de blesser un rameau.
J'avais déjà suivi tous les sentiers des landes
Sans briser une tige, une feuille aux lavandes;
Aussi de leurs bouquets intacts et respectés,
Nul parfum ne montait dans l'air, à mes côtés.
A travers champs bientôt, dans ma course plus
                                        [prompte,
Je m'élance, et des fleurs je ne tiens plus de compte;
Je marche au plus touffu des arbustes meurtris,
Et disperse à grands pas leurs feuilles en débris.
Alors jaillit, alors le vent à longs flots roule
Un doux torrent d'odeurs des plantes que je foule;
Et plus mon pied rapide, au penchant du coteau,
A coups précipités frappe comme un fléau,
Plus j'écrase, à pas lourds, feuilles, rameaux et tige,
Plus l'essaim des parfums rapidement voltige,
Et plus épais, dans l'air que j'entraîne en courant,
S'amasse et monte au loin un nuage odorant.
Vous, mon Dieu! parmi nous, quand nos âmes sont
                                        [mûres,

14

Vous cheminez ainsi, malgré nos vains murmures,
Faisant votre moisson; et, lorsque vous voulez
Respirer les parfums dans nos cœurs recélés,
La douleur vous précède; elle vient sans colère,
Ainsi que le coursier foulant le blé sur l'aire,
Et brise sous ses pieds, comme moi ces rameaux.
Nos fleurs et nos fruits mûrs, et nos espoirs nouveaux.
Vous dirigez, Seigneur tous les coups qu'elle porte;
Les plus durs sont toujours pour l'âme la plus forte.
C'est vous dans la douleur qui nous êtes présent;
Vous ne nous visitez, mon Dieu, qu'en nous brisant.

Mais c'est alors aussi qu'à travers ses blessures,
La fleur exhale au loin ses senteurs les plus pures;
Alors, mon Dieu ! le cœur brisé par le chagrin
Vous livre ses vertus comme l'épi son grain,
Et mille odeurs ont fui de ses veines subtiles
Qui dormaient jusque-là dans la plante inutiles.
Alors enfin, versant de l'argile et de l'or
Le flot immaculé qui s'y gardait encor,
L'homme à vos pieds répand, comme fit Madeleine,
Les plus divins parfums dont son âme était pleine.

DE LAPRADE.

FÉLICITÉ DES SAINTS.

Ah! qui me donnera l'aile de la colombe?
Loin de ce lieu d'horreur, de ce gouffre de maux,
J'irai, je volerai dans le sein du repos.
C'est là qu'une éternelle et douce violence
Nécessite des saints l'heureuse obéissance;
C'est là que de son joug le cœur est enchanté;
C'est là que sans regret l'on perd sa liberté.
Là, de ce corps impur les âmes délivrées,
De la joie ineffable à sa source enivrées,
Et riches de ces biens que l'œil ne saurait voir,
Ne demandent plus rien, n'ont plus rien à vouloir.
De ce royaume heureux Dieu bannit les alarmes,
Et des yeux de ses saints daigne essuyer les larmes.
C'est là qu'on n'entend plus ni plaintes ni soupirs;
Le cœur n'a plus alors ni crainte ni désirs.
L'Église enfin triomphe; et, brillante de gloire,
Fait retentir le ciel des chants de sa victoire.
Elle chante, tandis qu'esclaves désolés
Nous gémissons encor sur la terre exilés.
Près de l'Euphrate assis, nous pleurons sur ses rives,
Une juste douleur tient nos langues captives.
Et comment pourrions-nous, au milieu des méchants,
O céleste Sion! faire entendre tes chants?

Hélas ! nous nous taisons; nos lyres détendues
Languissent en silence, aux saules suspendues.
Que mon exil est long ! ô tranquille cité !
Sainte Jérusalem ! ô chère éternité !
Quand irai-je au torrent de ta volupté pure
Boire l'heureux oubli des peines que j'endure !
Quand irai-je goûter ton adorable paix !
Quand verrai-je ce jour qui ne finit jamais !

RACINE.

LES MARQUES DE L'AMOUR DE DIEU.

Dans nous l'amour de Dieu fécond en saints désirs,
N'y produit pas toujours de sensibles plaisirs,
Souvent le cœur qui l'a, ne le sait pas lui-même.
Tel craint de n'aimer pas, qui sincèrement aime :
Et tel croit, au contraire, être brûlant d'ardeur,
Qui n'eut jamais pour Dieu que glace et que froideur.

Voulez-vous donc savoir si la foi dans votre âme
Allume les ardeurs d'une sincère flamme?
Consultez-vous vous-même. A ses règles soumis,
Pardonnez-vous sans peine à tous vos ennemis?
Combattez-vous vos sens? domptez-vous vos
                                        [faiblesses?
Dieu dans le pauvre est-il l'objet de vos largesses?

Enfin dans tous ses points pratiquez-vous sa loi?
Oui, dites-vous. Allez, vous l'aimez, croyez-moi.
Qui fait exactement ce que ma loi commande,
A pour moi, dit ce Dieu, l'amour que je demande.
Faites-le donc, et sûr qu'il veut nous sauver tous,
Ne vous alarmez point pour quelques vains dégoûts
Qu'en sa faveur souvent la plus sainte âme éprouve:
Marchez, courez à lui : Qui le cherche, le trouve.
Et plus de votre cœur il parait s'écarter,
  lus par vos actions songez à l'arrêter.

BOILEAU.

LA RÉSIGNATION.

Vous m'avez présenté la coupe d'amertume,
Et mes lèvres, Seigneur, ont bu sans murmurer.
Je viens à vos parvis gémir et soupirer ;
Mon Dieu ! délivrez-moi du mal qui me consume,

Le lit où je repose est baigné de mes pleurs ;
Comme l'herbe des champs ma jeunesse est fanée,
Et si j'ai vu passer une belle journée,
C'était une eau rapide entraînant quelques fleurs.

Sur cette mer du monde où le nocher s'égare,
Crédule, j'ai vogué sur la foi de l'orgueil ;
Et quand les vents poussaient mon navire à l'écueil,
Nulle main sur le bord n'a fait briller le phare.

14.

Me voilà séparé de tout ce qui m'est cher,
Que votre volonté, mon Dieu, soit accomplie!
Ma bouche se résigne, et du calice amer
Je saurai, s'il le faut, boire jusqu'à la lie.

Oui, votre enfant, Seigneur, a besoin de prier,
Et du fond de l'abîme il vient se faire entendre.
Au pied de vos autels j'ai des pleurs à répandre,
Et je veux désormais vivre pour expier!

Mon cœur par ses désirs ne tient plus à la terre;
Des fragiles mortels que m'importe l'appui?
Je viens vous demander dans mon profond ennui,
Le pain qui fortifie et l'eau qui désaltère.

Donnez-moi chaque jour ce pain d'un pur froment,
Et faites-moi puiser aux sources que j'implore,
Comme pour étancher la soif qui le dévore,
Le passant dans sa main puise l'eau du torrent.

De Loy.

LE BERCEAU ET LA TOMBE.

Le berceau de l'enfant a le rideau de gaze,
Le doux balancement du genou maternel,
Et les songes légers et la première extase
Qui rayonne aux fronts purs comme un astre vermeil.

La tombe a le gazon qui la couvre et la presse,
Elle a le saule vert qui penche ses rameaux,
Elle a le rosier blanc qu'une abeille caressé,
Et la prière tendre et le chant des oiseaux.

Tous les deux font rêver même l'indifférence;
A l'amour du penseur ils ont partout des droits,
Ils sont pleins de sommeil, de paix et d'espérance,
Sur l'un veille une mère et sur l'autre une croix.

Ils parlent tous les deux d'une aurore vermeille,
L'un à l'enfant naissant, et l'autre à l'homme mort.
Le berceau donne un monde à l'enfant qui s'éveille,
La tombe donne un ciel au juste qui s'endort.

Hippolyte Violeau.

LE CHANT DES CATACOMBES.

Hier j'ai visité les grandes catacombes
        Des temps anciens;
J'ai touché de mon front les immortelles tombes
        Des vieux chrétiens;
Et ni l'astre du jour, ni les célestes sphères,
        Lettres de feu,
Ne m'avaient mieux fait lire, en profond caractères,
        Le nom de Dieu.

Un ermite au froc noir, à la tête blanchie,
        Marchait d'abord,

Vieux concierge du temps, vieux portier de la vie
        Et de la mort ;
Et nous l'interrogions sur les saintes reliques
        Du grand combat,
Comme on aime écouter sur les exploits antiques
        Un vieux soldat.

Un roc sert de portique à la funèbre voûte :
        Sur ce fronton,
Un artiste martyr, dont les anges sans doute
        Savent le nom,
Peignit les traits du Christ, sa chevelure blonde
        Et ses grands yeux,
D'où s'échappe un rayon d'une douceur profonde
        Comme les cieux !

Plus loin, sur les tombeaux, j'ai baisé maint symbole
        Du saint adieu !
Et la palme et le phare, et l'oiseau qui s'envole
        Au sein de Dieu ;
Jonas, après trois jours, sortant de la baleine
        Avec des chants,
Comme on sort de ce monde après trois jours de
        Nommés le temps.   [peine

C'était là que chacun, près de la fosse prête,
        Spectre vivant,

S'exerçait à la lutte ou reposait sa tête
　　En attendant ;
Pour se faire d'avance, au jour des grands supplics,
　　Un cœur plus fort,
Ils essayaint leur tombe, et voulaient par prémices
　　Goûter la mort !

J'ai sondé d'un regard leur poussière bénie,
　　Et j'ai compris
Que leur âme a laissé comme un souffle de vie
　　Dans ces débris ;　　　　　　　　[telles.
Que dans ce sable humain, qui dans nos mains mor-
　　Pèse si peu,
Germent pour le grand jour les formes éternelles
　　De presqu'un Dieu !

Lieux sacrés où l'amour, pour les seuls bien de l'âme,
　　Sut tant souffrir ;
En vous interrogeant, j'ai senti que sa flamme
　　Ne peut périr ;
Qu'à chaque être d'un jour qui mourut pour défendre
　　La vérité ;
L'être éternel et vrai, pour prix du temps, doit rendre
　　L'éternité.

C'est là qu'à chaque pas on croit voir apparaître
　　Un trône d'or ;
Et qu'en foulant du pied des tombeaux, je crois être
　　Sur le Thabor.

Descendez, descendez au fond des catacombes,
    Aux plus bas lieux;
Descendez, le cœur monte; et du haut de ces tombes,
    On voit les cieux!

L'ABBÉ GERBET.

IL FAUT IMITER LES SAINTS.

Fais des amis pour l'autre vie,
Honore les saints ici-bas,
Et tâche d'affermir tes pas
Dans la route qu'ils ont suivie :
Range-toi sous leur étendard,
Afin qu'à l'heure du départ
Ils fassent pour toi des miracles,
Et qu'ils viennent te recevoir
Dans ces lumineux tabernacles
Où la mort n'a point de pouvoir.

LEROY.

ROSA MYSTICA.

O jeune rose épanouie
Près du tabernacle immortel;
Vierge pure, tendre Marie,
Douce fleur du jardin du ciel

O toi qui sais parfumer l'âme
Mieux que la myrrhe et le cinname,
Et l'encens même du saint lieu ;
O toi dont la grâce est l'empire,
Toi qui ramènes d'un sourire
Le pardon aux lèvres de Dieu ;
Mère du Christ, reine de l'ange !

Oh ! laisse tomber jusqu'à nous
Cette auréole sans mélange
Que nous demandons à genoux ;
Cette lumière intérieure
Qui fait que la vie est meilleure,
Et le poids du siècle moins lourd ;
Lumière féconde en délices
Où le cœur boit à pleins calices
Les ivresses d'un pur amour.

Hélas ! il est tant d'amertume,
Tant de douleurs à consoler,
Tant d'êtres qu'un chagrin consume,
Et qui n'osent le révéler ;
Leur existence est si troublée,
Que la pierre du mausolée
Brille à leurs yeux comme le port,
Et que, vaincus par la tempête,
Ils ne veulent poser la tête
Que sur l'oreiller de la mort.

O vierge, écoute leur prière,
Sois indulgente et souris-leur;
N'abandonne pas sur la terre
Ces déshérités du bonheur.
Sois leur appui, sois leur patronne,
Que ton bras sûr les environne
Et défende leur doux sommeil.
Relève, relève, Marie,
Chaque fleur mourante et flétrie
Qui n'a point de place au soleil.

Rends à l'exilé qui t'implore
Un ciel plus calme, un jour plus beau,
Et comme un reflet de l'aurore
Qui souriait à son berceau;
Rends à l'orpheline égarée
Un peu de cette paix sacrée,
Trésor d'en haut qu'elle n'a plus;
Adoucis le fiel de ses larmes,
Et, dans un songe plein de charmes,
Fais-lui voir ceux qu'elle a perdus.

Et puis, sur cette route amère,
Où Dieu sème tant de combats,
S'il était une pauvre mère
Dont le seul fils ne revint pas:
Soutiens le fils de sa tendresse
Qui marche avec peine et lenteur;

Vierge sainte, Vierge divine,
Ne laisse pas croître l'épine
Dans le sentier du voyageur ;
Et nous qu'un regret suit encore,
Quand nous te supplions bien bas,
Au nom de ce Christ qu'on adore,
Et que tu berças dans tes bras ;
O Vierge, toi qu'un regret touche,
Laisse descendre de ta bouche
Un langage délicieux !
O rose ! entr'ouvre tes corolles ;
Et tes parfums et tes paroles
Nous feront respirer les cieux.

TURQUÉTY.

HYMNE A LA VIERGE.

Ainsi la myrrhe parfumée
Qu'exhale un brasier dévorant,
S'élève à demi consumée,
Et vole en nuage odorant.
Des flots d'encens et de cinname
Roulent, dans sa mobile flamme
L'or, l'émeraude et le saphir,
Et le feu pur qui la colore
Fait pâlir celui dont l'aurore

Émaille les cristaux d'Ophir.
Ainsi cette Vierge ingénue,
Pleine de grâce et de beauté,
S'élance et plonge dans la nue
Son front rayonnant de clarté ;
Le chœur mystérieux des anges,
Mêle le bruit de ses louanges
Aux concerts des mondes ravis ;
La terre frémit devant elle,
Et sous les pas de l'immortelle
Les cieux abaissent leur parvis.

Tu parais! à la nef timide
Qui tente un rivage ignoré,
L'aspect du phare qui la guide
Promet un port mal assuré.
Le palmier, vaste et solitaire,
Verse une ombre moins salutaire
Sur les sables de Gelboé ;
Moins d'éclat anime la rose,
Et moins suave elle repose
Près des sources du Siloé.

C'est à toi que la voix des sages
Promit ces destins éclatants
Que leur regard, vainqueur des âges,
Lisait dans les fastes du temps.
Tel le plongeur, penché sur l'onde,

D'une vue errante et profonde
Interroge le sein des mers,
Et sous la vague blanchissante
Marque la perle éblouissante,
Secret trésor des flots amers.

Le Seigneur, des astres qu'il aime,
T'a soumis le chœur gracieux ;
Tu brilles dans son diadème
A l'égal du flambeau des cieux.
Heureux qui vit sous tes auspices !
Que de fois tes rayons propices
Ont rassuré les mariniers !
Que de fois ta splendeur nocturne
A charmé l'ennui taciturne
Qui veille au lit des prisonniers !

Hélas ! ces héros éphémères,
Qu'élèvent de sanglants pavois,
Sont inexorables aux mères ;
Ils ne comprendraient pas ta voix !
Mais Dieu, dans son amour immense,
Permet que ton pouvoir commence
Où finit celui des humains.
D'un seul regard tu le désarmes,
Et l'on dit qu'une de tes larmes
Éteint la foudre dans ses mains.

Si jusqu'au ciel, où tout s'expie,

Parviennent mes tristes accents,
Tu sais sous quelle chaîne impie
Languissent mes jours innocents ;
Tu peux, de l'ombre où je t'adore,
M'envoyer comme un météore
Sur les ailes du séraphin,
Aux lieux où ma sœur éplorée
Devant ton image sacrée
Entretient la lampe sans fin.

CH. NODIER. (Sainte-Pélagie.)

LA NATIVITÉ.

Aux plaines de Sion quelle vive lumière
Fait du prophète-roi tressaillir la poussière ?
Quel ange nous révèle un grand avénement,
Et fait d'un doux réveil un saint ravissement ?
Rois, suivez dans son cours cette étoile étrangère !
Peuples, prosternez-vous près d'une Vierge mère !
Quel œil divin, s'ouvrant à la clarté du jour,
Rajeunit l'univers par un regard d'amour ?
Quel enfant, dédaignant les pompes solennelles,
Ouvre, d'un premier cri, les portes éternelles,
Et, des célestes lieux vers le monde apporté,
Épanche le salut dans sa nativité ?
Pour sonder tous les maux que le temps nous mesure,

Un Dieu veut, dans son cœur, en sentir la blessure,
Pour mieux peser la force et la fragilité ;
Il impose la vie à sa divinité ;
Et de sa sainte main rejetant son tonnerre,
Il abdique le ciel pour adopter la terre.
Il vient de son éclat effacer la splendeur,
Par son humilité déceler sa grandeur,
Consacrer par des pleurs l'austère pénitence,
Et de l'homme déchu révoquer la sentence.
Lève-toi, divin fils de la terre et des cieux !
Trace sur l'univers tes pas mystérieux !
Dans le livre suprême exhale ta sagesse,
Accomplis, dans toi seul, l'éternelle promesse :
Par ton sang glorieux le monde racheté
Obtiendra de ta mort son immortalité.

Mme DE CÉRÉ-BARBÉ.

LA NUIT DE NOËL.

Entre mes doigts guide ce lin docile,
Pour mon enfant, tourne léger fuseau :
Seul tu soutiens sa vie encor débile,
Tourne sans bruit auprès de son berceau.

Les entends-tu, chaste reine des anges,
Ces tintements de l'airain solennel ?
Le peuple en foule entourant ton autel,

Avec amour répète tes louanges.

Pour mon enfant, tourne léger fuseau,
Tourne sans bruit auprès de son berceau.

Si je ne puis unir d'humbles prières
Aux vœux offerts sous les sacrés parvis,
Si le devoir me retient près d'un fils,
Prête l'oreille à mes chants solitaires.

Pour mon enfant, tourne léger fuseau,
Tourne sans bruit auprès de son berceau.

Porte des cieux, vase élu, Vierge sainte,
Toi qui du monde enfantas le Sauveur,
J'essaie en vain d'exalter sa splendeur ;
L'hymne pieux devient un chant de plainte.

Pour mon enfant, tourne léger fuseau,
Tourne sans bruit auprès de son berceau.

Paisible, il dort du sommeil de son âge,
Sans pressentir mes douloureux tourments;
Reine du ciel, accorde-lui longtemps
Ce doux repos qui n'est plus mon partage.

Pour mon enfant, tourne léger fuseau,
Tourne sans bruit auprès de son berceau.

Le monde entier m'oublie et me délaisse,
Je n'ai connu que d'éternels soucis :
Vierge sacrée, au moins donne à mon fils

Tout le bonheur qu'espérait ma jeunesse.

Pour mon enfant, tourne léger fuseau,
Tourne sans bruit auprès de son berceau.

Tendre arbrisseau menacé par l'orage,
Privé d'un père où sera ton appui?
A ta faiblesse, il ne reste aujourd'hui
Que mon amour, mes soins et mon courage.

Pour mon enfant, tourne léger fuseau,
Tourne sans bruit auprès de son berceau.

Mère du Dieu que le chrétien révère,
Ma faible voix s'anime en t'implorant :
Ton divin Fils est né pauvre et souffrant :
Ah! prends pitié des larmes d'une mère !

Pour mon enfant, tourne léger fuseau,
Tourne sans bruit auprès de son berceau.

Des pas nombreux font retentir la ville :
Ce bruit confus s'éloignant par degrés,
M'apprend la fin des cantiques sacrés,
J'écoute encor!... Déjà tout est tranquille.

Pour mon enfant, tourne léger fuseau,
Tourne sans bruit auprès de son berceau.

Tout dort, hélas ! je travaille et je veille,
La paix des nuits ne ferme plus mes yeux ;
Permets du moins, appui du malheureux,

Que ma douleur jusqu'au matin sommeille.

Pour mon enfant, tourne léger fuseau,
Tourne sans bruit auprès de son berceau.

Mais non, rejette, ô divine espérance!
Les lâches vœux, vains murmures du cœur;
Je veux bénir cette longue souffrance,
Gage certain d'un immortel bonheur.

Entre mes doigts, guide ce lin docile;
Pour mon enfant, tourne léger fuseau;
Seul, tu soutiens sa vie encor débile,
Tourne sans bruit auprès de son berceau.

Mᵐᵉ AMABLE TASTU.

MARIE.

Ses angoisses et ses pressentiments.

Vierge sainte, pourquoi, tandis que tu t'inclines
Vers le berceau du fils qui s'éveille à ta voix,
Tes yeux sont-ils pensifs et sur tes mains divines
Des pleurs mal retenus tombent-ils quelquefois.

Dans l'avenir lointain peut-être tu devines
Le Golgotha sinistre, et peut-être tu vois
Cet enfant au front calme, aux lèvres purpurines,
Pâle, entre deux larrons, cloué sur une croix.

Élève tes regards vers un ciel plus prospère,

O Vierge ! tu verras le trône révéré,
Où ton Fils doit s'asseoir à la droite du Père ;

Le trône où retentit déjà ce mot sacré :
Venez à moi, vous tous dont le cœur désespère !
Vous qui versez des pleurs, je vous consolerai.

P. BLANCHEMAIN.

LE VENDREDI SAINT.

C'est l'heure où la nature à son Sauveur unie,
Et qui semble du Christ partager l'agonie,
Dans un saisissement d'horreur et de respect,
 Suspendit ses lois à l'aspect
 De cette douleur infinie ;
Où, déchiré d'un coup, le rideau du saint lieu,
 Que d'invisibles mains tirèrent,
Des combles au pavé s'ouvrit par le milieu ;
Où du mont Golgotha, les rocs qui s'ébranlèrent
 Jusqu'en leurs fondements tremblèrent
 Sous le dernier soupir d'un Dieu.
C'est l'heure où la lumière aux ténèbres fit place,
Où des formes sans nom traversèrent l'espace ;
C'est l'heure où le soleil, du crime épouvanté,
 Se roula dans l'obscurité
 Un voile sanglant sur la face ;
Où je ne sais quel froid glaça l'air et les vents
 Quand les sépulcres se fendirent,

15.

En laissant échapper de leurs débris mouvants
Le peuple enseveli qu'à ce monde ils rendirent,
 Et dont les morts se confondirent
 Avec le peuple des vivants.
Heure où se consomma le sacrifice immense!
Heure de dévouement, de fureur, de clémence,
Où d'un autre chaos l'univers fut tiré,
 Comme un vieillard régénéré
 Dont la jeunesse recommence !
L'homme Dieu, sans se plaindre, à la mort se livra,
 Et, laissant sur la croix immonde
Le corps inanimé dont il se sépara,
Après le long travail de cette mort féconde,
 D'où sortit le salut du monde
 Penchant la tête il expira.
Ce triomphe et ce deuil, Rome, tu les célèbres
En cachant tes autels sous des crêpes funèbres,
Ta chapelle Sixtine est un tombeau sacré
 Et les chants du *Miserere*
 S'y prolongent dans les ténèbres.
Ces prophètes divins, ces damnés en lambeaux,
 Tout ce vain peuple de fantômes,
Qu'une main de géant peignit en traits si beaux,
Semblent, mêlant leurs cris aux cris mourants des
 Pour le roi de tous les royaumes [psaumes,
 Entonner l'hymne des tombeaux.

Casimir Delavigne.

SUR LA MORT DU CHRIST.

Quand Jésus, expirant sur le gibet infâme,
    Rouvrit tous les tombeaux,
Rendant la vie au monde, et lui donnant son âme
    Et son corps en lambeaux ;

Adam, que réveilla d'un sommeil séculaire
    Ce suprême soupir,
Levant la tête aux cieux, se dressa sur sa pierre
    Qui venait de s'ouvrir :

« Quel est, dit-il, celui qui, la tête meurtrie,
    « Le front ensanglanté,
« Porte encor sur ses traits, glacés par l'agonie,
    « L'amour et la bonté ? »

On lui nomma le Christ. Et de ses mains rigides,
    Prenant ses cheveux blancs,
Il dépouillait son front tout sillonné de rides
    Et creusé par les ans !

Puis il tourna ses yeux vers Ève, sa compagne,
    Et ce cri de douleur
De sa base au sommet fit trembler la montagne,
    En sortant de son cœur :

« Femme, ce Dieu qui meurt sur la croix infamante
    « Te sauve comme moi;

« Et moi, portant ma lèvre à ta pomme enivrante,
    « Je l'ai tué pour toi ! »

Louis Morin Pons.

Au pied de la Croix

O Christ ! tu livras donc à nos disputes vaines
Ta croix même et ton sang que tu viens d'y verser !
L'arbre divin fait ombre à nos clartés humaines,
Et notre orgueil le sape au lieu de l'embrasser.

Pour moi, Seigneur, si fort que ma raison s'effraie,
Je ne puis m'écarter ni douter de la croix ;
Car j'ai fait plus que voir et que toucher ta plaie,
Je la sens dans mon cœur, c'est par là que je crois !

J'y fus aussi cloué sur l'arbre de tortures !
Si je rends témoignage à ta divinité,
C'est qu'en moi dominant l'indocile nature
La douleur te démontre à mon sang révolté.

C'est que je porte aussi ta couronne de ronce,
Que j'ai goûté le fiel du calice infini ;
C'est, ô Christ, qu'à tes pieds, sans obtenir réponse,
J'ai crié bien souvent : « *Lamma sabacthani !* »

C'est, hélas ! que j'ai vu pleurer sur mon Calvaire,
C'est que je vois, martyre, y monter à son tour,

Cet ange maternel qui sous ta main sévère,
A tant souffert pour moi, mais avec tant d'amour;

C'est que je vois tous ceux que j'admire et que j'aime
S'attacher à la croix et la porter entre eux ;
Et jeter sous les coups qui m'ont percé moi-même
Des cris plus résignés, mais aussi douloureux.

Et l'homme douterait de l'œuvre salutaire
Qu'accomplit ici-bas l'arbre aux rameaux sanglants,
Lui qui, prêtre et victime en ce fécond mystère,
Sur le rocher fatal a souffert six mille ans !

L'homme est fier à bon droit de sa raison superbe.
Qu'il soit fier de ses maux dont le ciel est l'enjeu !
En vain il porte en lui quelques rayons du Verbe,
C'est par la croix surtout qu'il ressemble à son Dieu.

Triomphez donc, ô vous qui gardez pour enseigne
Le sanglant labarum à l'amour confié ;
Les temps ne verront pas la fin de votre règne :
Tout l'univers est plein du grand crucifié,

Ils sont morts ! Ils sont morts avec leur allégresse
Ces dieux qu'un monde enfant adorait en sa fleur;
Ils ne revivront plus dans les marbres de Grèce :
La croix est immortelle ainsi que la douleur.

Fais nous donc adorer cette loi qui nous lie
Au gibet où ton Fils monte encor chaque jour ;

Donne-moi d'en chérir la sublime folie,
Et d'épouser la croix comme un dernier amour ;

Car il n'est ici-bas qu'un seul bonheur possible,
Qu'on trouve au sein des maux librement acceptés :
C'est l'extase où les cœurs, épris de l'invisible,
Se font de leurs tourments de saintes voluptés.

De Laprade.

VANITÉ DE L'AMBITION

N'espérons plus, mon âme, aux promesses du monde,
Sa lumière est un verre et sa faveur une onde
Que toujours quelque vent empêche de calmer.
Quittons ces vanités, lassons-nous de les suivre ;
        C'est Dieu qui nous fait vivre,
        C'est Dieu qu'il faut aimer.

En vain, pour satisfaire à nos lâches envies,
Nous passons près des rois tout le temps de nos vies
A souffrir des mépris et ployer les genoux :
Ce qu'ils peuvent n'est rien ; ils sont ce que nous
        Véritablement hommes   [sommes,
        Et meurent comme nous.

Ont-ils rendu l'esprit, ce n'est plus que poussière
Que cette majesté si pompeuse et si fière

Dont l'éclat orgueilleux étonnait l'univers ;
Et dans ces grands tombeaux où leurs âmes hautaines
    Font encore les vaines
    Ils sont rongés des vers.

Là se perdent ces noms de maîtres de la terre,
D'arbitres de la paix, de foudres de la guerre :
Comme ils n'ont plus de sceptre, ils n'ont plus de
Et tombent avec eux d'une chute commune [flatteurs ;
    Tous ceux que la fortune
    Faisait leurs serviteurs.

MALHERBE.

VANITÉS DU MONDE.

Porte toute la Bible en ta mémoire empreinte,
Sache tout ce qu'ont dit les sages des vieux temps ;
Joins-y, si tu le peux, tous les traits éclatants
De l'histoire profane et de l'histoire sainte :
De tant d'enseignements l'impuissante langueur
Sous leur poids inutile accablera ton cœur
Si Dieu n'y verse encor son amour et sa grâce,
Et l'unique science où tu dois prendre appui ;
C'est que tout n'est ici que vanité qui passe,
Hormis d'aimer sa gloire et ne servir que lui.
Vanité d'entasser richesses sur richesses ;
Vanité de languir dans la soif des honneurs ;

Vanité de choisir pour souverains bonheurs
De la chair et des sens les damnables caresses;
Vanité d'aspirer à voir durer nos jours
Sans se mettre en souci d'en mieux régler le cours.
D'aimer la longue vie et négliger la bonne,
D'embrasser le présent sans soin de l'avenir,
Et de plus estimer un moment qu'il nous donne
Que l'attente des biens qui ne sauraient finir.

PIERRE CORNEILLE.

DU JUGEMENT DERNIER.

Homme, quoi qu'ici-bas tu veuilles entreprendre
Songe à ce compte exact qu'un jour il en faut rendre,
Et mets devant tes yeux cette dernière fin
Qui fera ton mauvais ou ton heureux destin.
Regarde avec quel front tu pourras comparaître
Devant le tribunal de ton souverain maître,
Devant ce juste juge à qui rien n'est caché,
Qui jusque dans ton cœur sait lire ton péché,
Qu'aucun don n'éblouit, qu'aucune erreur n'abuse,
Que ne surprend jamais l'adresse d'une excuse,
Qui rend à tous justice et pèse au même poids
Ce que font les bergers et ce que font les rois.

Misérable pécheur, que sauras-tu répondre
A ce Dieu qui sait tout et viendra te confondre,

Toi que remplit souvent d'un invincible effroi
Le courroux passager d'un mortel comme toi ?

Donne pour ce grand jour, donne ordre à tes affaires,
Pour ce grand jour, le comble ou la fin des misères,
Où chacun, trop chargé de son propre fardeau,
Son propre accusateur et son propre bourreau,
Répondra par sa bouche, et, seul à sa défense,
N'aura point de secours que de sa pénitence.

LE MÊME.

DE L'ENFER ET DE SON ÉTERNITÉ.

Là sera plus amère une heure de souffrance
Que ne le sont ici cent ans de pénitence ;
Là jamais d'intervalle ou de soulagement
N'affaiblit des damnés l'éternel châtiment.

Éprouve ici ta force et fais sur peu de chose
Un faible essai des maux où l'avenir t'expose :
Ils seront éternels et tu crains d'endurer
Ceux qui n'ont ici-bas qu'un moment à durer

Souffre, souffre sans bruit quoi que le ciel t'envoie ;
Tu ne saurais jouir de deux sortes de joie,
Remplir de tes désirs ici l'avidité
Et régner avec Dieu dedans l'éternité.

Quand depuis ta naissance on aurait vu ta vie
D'honneurs jusqu'à ce jour et de plaisirs suivie ;
Qu'aurait tout cet amas qui te pût secourir
Si dans ce même instant il te fallait mourir ?

Tout n'est que vanité, gloire, faveurs, richesses,
Passagères douceurs, trompeuses allégresses ; [pui,
Tout n'est qu'amusement, tout n'est que faux ap-
Hormis d'aimer Dieu seul et ne servir que lui.

Le même.

Il faut obéir, a l'exemple de Jésus-Christ.

Que fais-tu de si grand, toi qui n'es que poussière
    Ou, pour mieux dire, qui n'es rien,   [fière
Quand tu soumets pour moi ton âme un peu moins
    A quelque autre vouloir qu'au tien ?
Moi qui suis tout-puissant, moi qui d'une parole
    Ai bâti l'un et l'autre pôle.
Et tiré du néant tout ce qui s'offre aux yeux,
Moi dont tout l'univers est l'ouvrage et le temple,
Pour me soumettre à l'homme et te donner l'exem-
    Je suis bien descendu des cieux.   [ple
De ces palais brillants où ma gloire ineffable
    Remplit tout de mon seul objet,
Je me suis ravalé jusqu'au rang d'un coupable,
    Jusqu'à l'ordre le plus abject ;

Je me suis fait de tous le plus humble et le moindre,
　　Afin que tu susses mieux joindre
Un digne abaissement à ton indignité,
Et que, malgré le monde et ses vaines amorces,
Pour dompter ton orgueil tu trouvasses des forces
　　Dans ma parfaite humilité.

LE MÊME.

IL FAUT SOUFFRIR, A L'EXEMPLE DE J. C.

Vois, mortel, combien tu me dois :
J'ai quitté le sein de mon Père,
Je me suis revêtu de toute ta misère,
J'en ai voulu subir les plus indignes lois.
Le ciel était fermé, tu n'y pouvais prétendre :
Pour t'en ouvrir la porte il m'a plu d'en descendre,
Sans que rien m'imposât cette nécessité ;
Et, pour prendre une vie amère et douloureuse,
J'ai suivi seulement la contrainte amoureuse
　　De mon immense charité.

　　Mais je veux amour pour amour :
　　Je veux, mon fils, que tu contemples
Ce que je t'ai laissé de précieux exemples
Comme autant de leçons pour souffrir à ton tour ;
Que sous l'accablement des misères humaines,
L'esprit dans les ennuis et le corps dans les gênes,
Tu tiennes toujours l'œil sur ce que j'ai souffert ;

Et que, malgré l'horreur qu'en conçoit la nature,
Tu t'offres sans relâche à souffrir sans murmure,
    Ainsi que je m'y suis offert.

LE MÊME.

ATTACHEMENT INSENSÉ AUX MISÈRES DE LA VIE.

Faut-il que cette vie, en soi si misérable,
    Ait toutefois un tel attrait,
Que le plus malheureux et le plus méprisable
    Ne l'abandonne qu'à regret !

Que s'il était au choix de notre âme insensée
    De languir toujours en ces lieux ;
Nous traînerions nos maux sans aucune pensée
    De régner jamais dans les cieux !

LE MÊME.

LE PÉCHEUR REPENTANT.

Grand Dieu, tes jugements sont remplis d'équité,
Toujours tu prends plaisir à nous être propice ;
Mais j'ai fait tant de mal que jamais ta bonté
Ne me pardonnera sans blesser ta justice.
Oui, mon Dieu, la grandeur de mon impiété
Ne laisse à ton pouvoir que le choix du supplice :
Ton intérêt s'oppose à ma félicité,
Et ta clémence même attend que je périsse.

Contente ton désir, puisqu'il t'est glorieux ;
Offense-toi des pleurs qui coulent de mes yeux :
Tonne, frappe, il est temps, rends-moi guerre pour

J'adore, en périssant, la raison qui t'aigrit; [guerre
Mais dessus quel endroit tombera ton tonnerre
Qui ne soit tout couvert du sang de Jésus-Christ !

DES BARREAUX.

A LA MISÉRICORDE DIVINE.

Stances.

Grand Dieu, par quel encens et par quelles victimes
Pourrai-je détourner ton courroux que je crains ?
J'ai mérité la mort, et pour de moindres crimes
Le monde a vu tomber la foudre de tes mains.

L'excès de tes bontés augmente mon offense :
Tu me combles de biens au lieu de me punir ;
Et l'on voit, ô prodige ! une égale constance
En moi pour t'offenser, en toi pour me bénir.

Il est vrai, mon Sauveur, mes fautes sont mortelles;
Toujours ma passion s'oppose à tes projets.
Mais, hélas ! si tu perds tous ceux qui sont rebelles,
En quels lieux de la terre auras-tu des sujets ?

Mes crimes d'un côté provoquent ta justice,
De l'autre ta bonté demande mon pardon :

As-tu moins de bonté que je n'ai de malice ?
Serai-je plus méchant que tu ne seras bon ?

                                        PÉLISSON.

L'ATHÉE.

Il n'y parviendra pas; il a beau dans sa course
    Se serrer à deux mains le cœur,
    Comme pour comprimer la source
    De l'intarissable douleur ;
La douleur ! elle gonfle, elle bat ses artères,
    Elle l'étreint de tous côtés,
    Dans les lieux les plus solitaires,
    Sur les bords les plus fréquentés.

Qu'il aille au haut des monts ; qu'il aille sur la crête
    Du roc le plus retentissant,
    Dans le calme ou dans la tempête
    Sur la terre ou sur l'Océan,

Il entendra toujours le grand mot qu'il redoute,
    Partout, en toute heure, en tous lieux ;
    Les pierres mêmes de la route
    Lui crieront le nom de son Dieu.

Oh ! oui, c'est en vain qu'il espère,
    Qu'il implore un sommeil sans fin ;
    Une voix sourde à sa prière

Lui jette le mot de demain;
C'est en vain qu'il se réfugie
Dans les tumultes de l'orgie,
Dans les abîmes de la nuit :
Comme une ardente chasseresse
Qui toujours le traque et le presse
Son immortalité le suit.

Et quand sa paupière alourdie
Se ferme au soleil d'ici-bas,
Quand sa voix mourante mendie
Un jour de plus qu'il n'aura pas,
Oh ! c'est là qu'il tremble et recule;
C'est là qu'un affreux crépuscule
Lui fait pousser un cri profond :
— « A moi, j'ai peur ! à moi, je tombe ! »
Car il aperçoit que la tombe,
Froide au bord est brûlante au fond.

TURQUÉTY.

L'IMMORTALITÉ DE L'AME.

Non, l'âme ne meurt point. Ah ! l'Être tout-puissant,
Qui grava dans nos cœurs cette horreur du néant,
Pourrait-il sans pitié nous y plonger lui-même ?
Le penser est un crime, et le dire un blasphème
Il existe ce Dieu, vous n'osez en douter,

Méchants ! Ignorez-vous qu'il ne peut exister,
Si sur nous sa bonté n'égale sa puissance ?
O de l'éternité noble et chère espérance !
Je me jette en ton sein : ô vous, infortunés,
Aux pénibles travaux, aux mépris condamnés,
Qui ne vous nourrissez, dans vos longues alarmes,
Que d'un pain de douleurs arrosé par vos larmes;
Fils de la patience et de la pauvreté,
Consolez-vous, pensez à l'immortalité !
Et vous qui dans l'ivresse où votre âme se noie,
De leurs gémissements composez votre joie,
De ces faibles troupeaux pasteurs faux et cruels,
Tremblez, tyrans, tremblez, vous êtes immortels !

SAINT-VICTOR, (L'espérance).

LE CHRÉTIEN MOURANT.

Qu'entends-je ? Autour de moi l'airain sacré résonne,
Quelle foule pieuse en pleurant m'environne ?
Ponr qui ce chant funèbre et ce pâle flambeau ?
O mort ! est-ce ta voix qui frappe mon oreille
Pour la dernière fois ? Eh quoi ! je me réveille
      Sur le bord du tombeau !

O toi ! d'un feu divin précieuse étincelle,
De ce corps périssable habitante immortelle,
Dissipe ces terreurs : la mort vient t'affranchir !

Prends ton vol, ô mon âme ! et dépouille tes chaînes.
Déposer le fardeau des misères humaines
    Est-ce donc là mourir ?

Oui, le temps a cessé de mesurer mes heures.
Messagers rayonnants des célestes demeures,
Dans quels palais nouveaux allez-vous me ravir ?
Déjà, déjà je nage en des flots de lumière
L'espace devant moi s'agrandit et la terre
    Sous mes pieds semble fuir.

Mais qu'entends-je ? Au moment où mon âme s'éveille
Des soupirs, des sanglots ont frappé mon oreille !
Compagnons de l'exil, quoi ! vous pleurez ma mort !
Vous pleurez ! et déjà dans la coupe sacrée
J'ai bu l'oubli des maux, et mon âme enivrée
    Entre au céleste port.

LAMARTINE.

PROGRÈS ET ÉTABLISSEMENT DU CHRISTIANISME.

L'homme était racheté : sublime et glorieux,
L'homme marchait rival de l'habitant des cieux :
Mais la nuit de l'erreur couvrait encor le monde,
Douze apôtres, fuyant leur retraite profonde,
Promenèrent au loin, par Dieu même envoyés,
Les étendards du Christ devant eux déployés.
A leur zèle enflammé l'enfer en vain s'oppose,
La persuasion sur leurs lèvres repose ;

16

Leur pieuse ignorance éclaire les humains ;
Le ciel à leur aspect élargit les chemins ;
Les peuples, à l'envi, suivent leurs saints exemples,
Et la religion a vu ses premiers temples.

Bientôt les bois, les monts, les déserts sont peuplés
De chrétiens pénitents, par les rois exilés ;
Le Liban les reçoit sur ses rocs prophétiques ;
Les bords de Siloé redisent leurs cantiques ;
Dans de noires forêts, dans les creux du rocher,
L'Éternel avec eux se plaît à se cacher.
Qu'importe que l'exil devienne leur partage !
Le monde est leur patrie : Ecbatane, Carthage,
Sur vos débris muets vous les voyez s'asseoir ;
Leurs mains à vos vieux murs suspendaient l'encen-
                                                    [soir.
Plusieurs dans Rome même, ont cherché des asiles,
Sous les palais altiers de la reine des villes,
Sous les murs des Césars, leurs prévoyants travaux
Creusèrent lentement de spacieux tombeaux ;
C'est dans ces souterrains, dans ces antres funèbres,
Que, sans cesse voilés de pieuses ténèbres,
Ils offraient au Seigneur leur long recueillement ;
Tandis qu'au-dessus d'eux mugissaient sourdement
Le fracas des grandeurs, les passions de l'homme,
La grande voix du siècle et les foudres de Rome.

Mais contre un glaive impie et de sang altéré

Ces tombeaux n'étaient pas un refuge assuré.
Souvent du peuple roi l'altière vigilance
Vint profaner leur ombre et troubler leur silence.
Rome alors en tribut n'offrait à ses faux dieux,
Que le sang des chrétiens à César odieux.
O céleste triomphe ! en prodiges féconde
La mort de ces martyrs est la leçon du monde.
Du milieu des bûchers, portés sur les autels,
Leurs restes adorés commandent aux mortels.
La croix victorieuse a parcouru la terre ;
La voyez-vous passer de l'antre solitaire
Dans les temples sacrés qu'enfantèrent les arts,
Et du front de l'apôtre à celui des césars ?

De la religion telle est la noble histoire ;
Par un Dieu consacrée, un Dieu veille à sa gloire.
Ses mystères profonds, ses dogmes enchantés,
Le pompeux appareil de ses solennités,
Appellent les mortels sous son obéissance ;
Et comment se soustraire à sa douce puissance ?
Espoir des malheureux, mère de ses sujets,
Jusque sur nos berceaux elle étend ses bienfaits.

SOUMET.

LES MISSIONNAIRES.

Pâles et revêtus de leurs noires soutanes,
Ils viennent d'arriver dans le vieux port de Vannes

Le brick où monteront ces messagers de Dieu
Appareille. — O famille, amis, pays, adieu !...
Qu'importe ! Ils sont tous là silencieux et calmes,
Des martyrs pour la foi rêvant au loin les palmes :
Les fatigues, la faim, les supplices hideux
Et la mort ne feront reculer aucun d'eux.
Le livre universel, de naïves images,
Quelques outils de fer, appâts pour les sauvages,
Ou des jouets d'enfants : Voilà dans leurs combats,
Quelles armes suivront ces paisibles soldats.

Auguste Brizeux.

L'Ange du pardon.

Il est aux pieds du Christ, à côté de sa Mère,
Un ange, le plus beau des habitants du ciel,
Un frère adolescent de ceux que Raphaël
Entre ses bras divins apporta sur la terre.

Un léger trouble à peine effleure sa paupière
Sa voix ne s'unit plus au cantique éternel,
Mais son regard plus tendre et presque maternel
Suit l'homme qui s'égare au vallon de misère.

De clémence et d'amour, esprit consolateur,
Dans une coupe d'or, sous les yeux du Seigneur,
Par lui du repentir les larmes sont comptées ;

Car de la pitié sainte il a reçu le don :

C'est lui qui mène à Dieu les âmes rachetées,
Et ce doux séraphin se nomme le *Pardon*.

ANTOINE DELATOUR.

L'IMITATION.

Livre obscur et sans nom, humble vase d'argile,
Mais rempli jusqu'au bord des sucs de l'Évangile,
Où la sagesse humaine et divine, à longs flots,
Dans le cœur altéré coulent en peu de mots ;
Où chaque âme, à sa soif, vient se penche et s'abreuve
Des gouttes de sueur du Christ à son épreuve ;
Trouve, selon le temps ou la peine, ou l'effort,
Le lait de la mamelle ou le pain fort du fort,
Et sous la croix où l'homme ingrat le sacrifie
Dans les larmes du Christ boit sa philosophie !

LAMARTINE.

FIN.

16.

TABLE DES MATIÈRES.

DEUXIÈME PARTIE.

FABLES, CONTES, BALLADES ET DIALOGUES.

FABLES.

TROISIÈME PARTIE.

POÉSIES MORALES ET RELIGIEUSES.

POÉSIES MORALES.

POÉSIES RELIGIEUSES.

CORBEIL, typographie et stéréotypie de CRÉTÉ.